LE CAFÉ

PROCOPE.

CORBEIL, IMPRIMERIE DE CRÉTÉ.

LE CAFÉ
PROCOPE

par

ROGER DE BEAUVOIR.

PARIS,

LIBRAIRIE DE DUMONT,

88. PALAIS-ROYAL, CERCLE LITTÉRAIRE.

—

1835.

1125

AVANT-PROPOS.

Je suppose un de ces provinciaux de Gresset ou de Collin d'Harleville, hobereaux en guêtres que nous envoient les départemens avec un passeport : habit bleu-barbeau, prétentions littéraires de 1807, et trois cent neuvième collaborateur de l'almanach des Muses à Paris. Ce jeune homme est resté candide et pur au milieu de tous les débordemens du drame moderne, et des étranges libertés de notre scène. Il *cultive* la poésie légère, raffolle de Bertin, et a chez lui le buste de Chaulieu. Il est de quatre-vingt-cinq athénées floraux et scientifiques ; ce

qui fait qu'il pourrait mettre à son habit autant de médailles que de boutons. C'est une nature douce et rangée,
exempte de faste, et créée pour le vers de dix syllabes.
Son horizon de poète finit à Roucher.

Ce jeune homme arrive à Paris par les messageries
royales.

De quel étonnement ne sera-t-il pas saisi en voyant sa
charmante poétique du dix-huitième siècle, honnie, dé-
laissée, son auréole pâle et entourée de brouillards? Quels
regrets ne donnera-t-il pas à la *Chartreuse*, à *l'Art d'aimer*, à *Vert-Vert!* Comme il se fera le champion de ces
médiocrités charmantes, de ces riens délicieux, de ces
badinages et de ces poèmes de mousquetaires! Parlez-lui
du chevalier Bonnard. Rival de M. de Boufflers et de
Parny, dont il sait toutes les églogues par cœur, laissez-
le vous réciter *Aline*, *le Cheval et la Fille*, *Ah! si*, et
vous lire, au soir, le *Sultan Misapouf*, de l'abbé de
Voisenon! Ce n'est qu'au feu de ces souvenirs qu'il s'a-
nime, lui seul connaît à fond ce siècle frivole, dont la
prose et la tête sont si légères! lui seul qui n'en dit rien
lorsque tout le monde en parle, et qui se contente de
hocher la tête quand on lui dit que le dix-huitième siècle est jugé!

Ne lui montrez pas, par pitié, le drame moderne, le
drame honnête, le drame intime, le drame effréné, le

drame criard, le drame criminel, le drame historique,
et celui même qui est *extrahistorique*, d'après le bap-
tême nouveau d'un de nos grands auteurs, son parrain ;
toute espèce de drame et de tragédie nouvelle en un
mot. Laissez-le se confiner dans ses chères études,
dans ses comédies, ses petits poèmes, ses charades.
Ne donnez pas à son admiration un lait trop fort, et songez que c'est un Sybarite qui voit le pli des roses de
Gentil-Bernard.

Heureux égoïste que cet homme charmant, homme
des vieux soupers et des joyeuses chansons de table,
homme de tradition, de sens et de poésie, qui ne voit, ne
veut rien voir et rien lire, comme le pape Jules II : *Afin*,
disait-il, *de ne pas gâter sa belle latinité !*

Vous le rencontrerez à cet étalage, en plein vent, du
libraire Sauvaignat, dans la rue Saint-Germain-des-Prés.
C'est là que, de mon temps, se pavanait au soleil, à l'angle de la rue, la poésie de ce bon dix-huitième siècle,
reliée en papier rose, avec ses grands hommes litho-
graphiques. Sur cet étalage tombera aussi la première
larme de notre provincial, car il se trouve à quelques pas
du café Procope.

Le café Procope ! — écriteau d'hier, regratté à blanc,
et qu'il va regarder à deux fois. Serait-ce là, dira-t-il
cette mémorable taverne, la taverne de Voltaire, de Pré-
ville et de Molé ? Montrez-moi, de grâce, le fauteuil en

cuir de son président Piron , le gobelet de Fontenelle, et
le portrait de Mlle Clairon , charbonné sur un panneau par
M. Crébillon, le fils. Laissez-moi demander à M. Rameau
des nouvelles de son opéra d'*Hyppolite et Aricie?* Ne
parle-t-on pas du mariage de M. Sédaine, et M. de Voltaire ne publie-t-il point *Zapata?* Ce gros homme en
poudre, n'est-ce pas M. Favart, garçon pâtissier avant
d'être auteur, et cet autre son ami l'abbé Voisenon , ami
de madame Favart ? Que donne-t-on ce soir à la Comédie-Française, et les débutans, ont-ils enfin quitté le bre-
douillement de Poisson ? Dites-moi, Monsieur, quel est
ce seigneur cousu d'or qui raille si impitoyablement ce
petit fat ? C'est le marquis de Villette , persiffleur *intime*
de Dorat; Dorat, l'homme aux essences et aux *six maî-*
tresses, prend à lui seul quatre chaises dans ce café, afin
que le petit Poinsinet n'en trouve aucune. Poinsinet va
pourtant lui donner la main , car, sans Dorat , Poinsinet
serait l'homme le plus ridicule et le plus mystifié de Paris!

Oh ! le vieux , le sale , l'enfoui et pourtant le magnifique café ! Procope y a semé à profusion les miroirs, les
dorures, et les tables à pieds de biche. L'astronome Lalande a donné ce baromètre à Procope; Procope verse
en revanche à Lalande ce moka céleste qui lui fait oublier les constellations. Le professeur Dellile , cet ingé-
nieux aveugle, a fait ici ses vers fameux sur le café ! Dans
ce café Procope, l'on s'est battu un beau soir et l'on a

tiré l'épée contre les comédiens, au sujet de la suppression des banquettes. Les jeunes seigneurs étaient furieux contre l'ordonnance : elle coûta trois lustres et
quelques chambranles à ce splendide café !

Les habitués de Procope sont des petits maîtres, des
élégans, des chevau-légers et des agréables. Ils ont le
teint frais et *lumineux !* comme disent les comédies. Les
uns sont marquis, d'autres colonels, de ces colonels, vous
le savez, qui *brodent au tambour.* Motus, voici le finan-
cier Danville qui descend de son vis-à-vis à sept glaces :
c'est un homme qui prête des politesses à des intérêts
très-élevés. Voyez, il salue à peine, et se renfonce dans
sa houpelande à brandebourgs; — il a soin aussi de dire
tout haut qu'il a dîné chez le prince de Soubise. La pan-
tomime de Vestris et de mademoiselle Guimard partage
en deux camps les tables d'échecs. Par cette porte con-
damnée à l'heure qu'il est, et qui faisait face à la Comédie, sortait jadis un petit bossu nommé Lekain.

Plus tard, si quelque jeune homme bien humble, les
cheveux longs, et enveloppé d'un mauvais manteau, s'est
placé à la dernière table de ce café, et a payé sa tasse en
gros sous, soyez sûr qu'il avait pour nom... Gilbert !

En reconstruisant de la sorte en sa mémoire cet insigne endroit, vous voyez que le provincial reconstruit son
dix-huitième siècle, il croit lire encore 1760 sur les vo-

lets du moderne glacier Zoppi. Hélas, hélas ! les temps
sont pourtant changés! Les grands hommes emperruqués
de l'autre siècle ont fait place aux professeurs à mousta-
ches et à éperons de nos jours , les laquais en broderies
aux garçons en tablier. L'Italien Zoppi, le successeur de
Procope, n'est plus à cette heure le desservant des comédiens et des financiers, c'est l'homme du moka rhétoricien
et des sorbets universitaires. Les grands seigneurs (si
toutefois nous avons encore des grands seigneurs !) ne
vont plus au cabaret.

Civilisation stupide et pauvre qui a privé chaque indi-
vidualité de son commerce ; civilisation de gaz, de mé-
lodrames, de progrès et de cafés. Reine absurde qui a
tout nivelé , tout, jusqu'au café Procope !

Le café Procope, aujourd'hui, n'est plus en effet qu'un
café comme tant d'autres ; il a des tables de marbre, des
joueurs de dominos, de mauvais plaisans et des gazettes.
Justinien et Hippocrate ont détrôné Panard ; M. Delvin-
court boit dans la tasse de Piron.

C'est là un des grands crimes du Paris moderne que
d'avoir été mauvais fils et de n'avoir rien su conserver de
son aïeul, que d'avoir laissé l'ancienne Comédie Française,
où jouait Lekain , devenir, vis-à-vis de ce café, une pa-
peterie, ou la maison d'un notaire ! Sans quelques vigi-
lantes sentinelles de ce passé, sans quelques écrivains,

au nombre desquels l'auteur de ce livre s'honore de s'in-
scrire, les monumens et les souvenirs de ce quartier, les
Universités, les Thermes, l'hôtel de Cluny, sa chapelle,
et tant d'autres ruines précieuses, fleurs délicates de ce
jardin des Écoles n'auraient peut-être pas reconquis leur
verdeur et leur éclat. La maison de Molière, par exemple,
où figurent quatre mauvais clous retenant au mur une
inscription plus mauvaise encore, ne devrait-elle pas obtenir une statue de la liste civile? Est-ce avoir fait assez
que d'appeler des rues *Corneille* et *Racine*, et ne serait-il
pas temps que le moëllon devînt marbre?

Ce qui excusera ce programme de réflexions, c'est le
choix de notre titre lui-même, choix indéterminé, fantasque de prime abord. Nous ne dirons qu'un mot pour
nous justifier aux yeux de la Critique de ce titre : *Café
Procope :* pour la plupart, les nouvelles historiques de ce
volume se passent dans le faubourg Saint-Germain. Or,
il ne serait pas impossible que le rendez-vous de nos
héros ait été souvent le café Procope. L'auteur aime à penser que le chevalier Folard, son petit vieillard des *Convulsionnaires* [1], entra du moins une fois dans cette buvette parisienne pour y entamer un dissertation sur ses miracles
favoris. Le vieux marquis ruiné [2] qu'épousa la demoi-

---

[1] Les Convulsionnaires, page 173.

[2] Le Contrat ou la Marquise de Flory, page 143.

selle Defresne, y régala peut-être une fois, au sortir de la comédie, son ami le cordonnier. Enfin [1] Marat lui même, ce littérateur sanglant, nommé Marat, que l'auteur de ce livre, dans le cadre rapide d'une nouvelle, s'est aventuré à peindre sous un jour nouveau et gourmé de prétentions académiques, Marat, médecin avant d'être tribun du peuple, y a peut-être préparé ses thèses de physique.

Puissent, du moins, ces légères esquisses dont la Revue de Paris a déjà publié quelques pages, valoir, pour vous, cher Lecteur, le moka du café Procope !

[1] Les Epreuves de Marat, page 1.

Paris, janvier 1835,

LES

ÉPREUVES DE MARAT.

La Chambre d'Honneur.

C'EST en Picardie que j'ai vu l'un des plus
beaux châteaux de France, un château dont je
dois vous taire le nom; car, à cette heure, son
nom de château lui reste à peine; à cette heure
la Bande-Noire en a fait du zinc; ses écuries,
ornées de soleils et de devises à la Louis XIV,

1 *

ont croulé sous le marteau comme ses bou-
doirs. Un gros homme bien lourd et bien
constitutionnel, au nom de l'industrie et du
progrès, sera venu en août 1829, flanqué d'un
architecte et d'un maçon, gens aussi habiles
à renverser qu'à construire; l'architecte n'aura
pas été fâché de se venger de Mansard, et le
maçon, de la féodalité des anciens jours. Le
mémoire réglé, le plomb des toits et le fer doré
des espagnolettes vendus, la cour devenue un
bazar de briques, de marbres et de moellons,
le démolisseur se sera frotté les mains avec
autant de joie que le premier acquéreur et
constructeur de ce beau domaine, domaine
seigneurial et qui appartient pourtant à la
noble maison des Choiseuil!

J'avais bien seize ans quand on me fit voir
ce château; ses terrasses, ses orangeries, son
beau parc, demeurent gravés dans mon souvenir. Il y avait un magnifique bassin avec des
figures, un bassin presque aussi vaste que ceux
de Versailles; les gazons du parc l'encadraient

avec amour. Le château, bas et carré ainsi
que tous ceux de Louis XIV, ouvrait ses
deux ailes au midi, comme un digne faisan
épanoui au soleil. Il avait dans son avant-cour
deux beaux pavillons de dégagement, lesquels
servaient de communs, et se trouvaient fermés
par une grille massive, grille ornée de soleils
et de gros boulets de fer, des boulets dignes
d'aller au cœur d'un Condé! Le concierge
avait un trousseau de clés égal au moins à celui d'un geolier constitutionnel; c'était une
espèce de majordome âgé, Picard et Flamand
tout à la fois, Flamand par sa dignité comique,
et Picard en raison de ses proverbes. Je
dois vous dire qu'il marchait méthodique-
ment et ne manquait pas de m'offrir un siége
à chaque chambre, ayant soin de le replacer
ensuite en toute hâte, comme si le propriétaire
seigneurial eût dû venir le soir même y faire
son installation. Château désert, lamentable,
abandonné! Rien qu'aux éternels gazons du
parc, gazons brûlés et jaunes comme la robe

d'une chanoinesse, on devinait bien qu'il ne devait plus avoir de maître; on comprenait sa ruine et son abandon! Je ne saurais dire comme mes pensées toutes enfantines alors se voilaient de tristesse et de réflexion à la vue de cette grave solitude. A chaque volet de fenêtre que faisait claquer le concierge, un rayon de soleil, tranchant comme le rayon d'un sabre, venait brusquement envahir l'appartement et mettre à nu ces poudreuses magnificences. Ce qui m'étonnait encore c'est que les parquets de plusieurs salles étaient cirés, frottés et lustrés comme de la veille, n'attendant que le talon rouge d'un Mortemart ou la robe à queue d'une Noailles. Les siéges de Landrecy et de Mouzon, sous Louis XIV, donnaient un aspect guerroyant à la galerie; ces tableaux en tapisseries étaient fraîchement brossés, et les baguettes d'or de leurs grands cadres étincelaient. Tristesse plus étrange! les girandoles en cristal de chaque chambre et les pendules étaient recouvertes de crêpes noirs. Sur une table à

pieds de biche se trouvait encore le Télémaque
de M. de Fénelon avec estampes ; un médaillon de la princesse Palatine [1], des colifichets
en lave romaine et des nœuds d'épée en diamans filés d'or.

Bourguignon , le vénérable concierge, ap-
portait à la conservation de ce désordre la
dévotion d'un rigoureux catholique : il laissait
à sa place le moindre oubli et se gardait des re-
mue-ménages. Par exemple le meuble dispersé
dans telle chambre était rangé dans telle autre de façon que ce conte de *La belle au bois
dormant* et de son immobile palais vous fût
revenu dès l'heure même à la mémoire ; la
salle à manger du château conservant, entre
autres bizarreries, les traces d'un grand et
magnifique souper.

— *Voici, mon cher Monsieur, la chaise
de M. le comte ! Mesdemoiselles Hus et Louison
Rey de l'Opéra avaient fait quarante lieues pour*

[1] Celle des lettres de madame de Sévigné.

être de ce souper. La petite Rey fut servie dans
ce pâté , dont il ne reste que le plat. Le cheva-
lier Bonnard et M. Dorat y chantèrent, etc. etc.
Puis mille autres souvenirs évoqués par Bourguignon, souvenirs de sa jeunesse ou de celle
de son aïeul, car c'était de père en fils que les
Bourguignon continuaient leur charge d'intendant. En vérité, ce repas et cette table
sans convives serrait le cœur; les serviettes
étaient encore à leur place, les verres encore
odorans de la liqueur brune de madame Am-
phoux. Seulement la poussière avait décrit
d'immenses losanges sur la nappe : cette nappe
et ce banquet abandonnés avaient près d'un
siècle[1].

Comme la juridiction de ce brave concierge
avait toujours été grande et son intelligence très-
précieuse à ses maîtres, ils s'en reposaient sur

[1] Historique. Ceci est un caprice dont l'auteur a été témoin
à quelques lieues d'Amiens, au château d'H.

lui de la conservation de leurs domaines qu'ils
fuyaient, disaient-ils, en raison des marécages,
ils l'avaient conservé dans ses chartes et pri-
viléges. Bourguignon pouvait donc revivre sans
nulle crainte au milieu de son époque, soigner sa
poussière et ses souvenirs à lui; il pouvait, encore en idée, mettre au château le couvert de
M. de Vergennes, le ministre, ou faire pê-
cher des tanches dans le grand étang pour l'arrivée de M. de Malesherbes. Les nouveaux
maîtres venaient à peine chasser une fois l'an
dans ce château.

L'autre été, cependant, M. Gustave y avait
passé trois semaines à l'époque des élections;
M. Gustave voulait que son oncle fût député...
aussi, Monsieur, vais-je vous moutrer sa
chambre, car je lui avais donné la *chambre
d'honneur,* disait Bourguignon, la *chambre
d'honneur,* et il faut que ce soit vous pour
que je vous la montre après lui, ajouta
mon cicerone en remuant les clés de son
trousseau.

Hélas! depuis un quart d'heure, je n'écoutais plus ce digne homme. Ces beaux lieux, si vides et si tranquilles, m'absorbaient! Ne vous semble-t-il pas qu'un château sans maître est un roi sans courtisans? Adieu la vie et le mouvement de ses grandes salles; adieu le soleil qui dore au matin ses fenêtres et les rayons de son lustre émaillant au soir à la lune son grand bassin! Encore une fois adieu le chant matinal de ses horloges, ses joies et ses trépignemens de chasse; adieu la meute, le cor et les salves d'artillerie champêtre du jardinier! Monseigneur le comte Almaviva est parti, il s'en est allé emmenant tout, la comtesse, Suzanne, et le petit page lui-même; il ne reste ici que Grippe-Soleil et Bazile, lequel est au village pour conserver les traditions du lutrin! Almaviva, l'ingrat seigneur, a passé sans une larme sous sa grande allée des maronniers; il allait jouer à la Bourse, gagner sur les Naples et faire un agioteur de Figaro!

Pourquoi donc ceux-ci, me disais-je, habi-

teraient-ils leur domaine ? A quoi bon ces
propriétés royales , si c'est ici que viendront
loger les idées mesquines , l'avarice et l'ambi-
tion bourgeoise ? Est-ce encore le temps des
folies folles; et notre siècle d'industrie n'a-t-il
pas inventé la *folie raison ?* On ne s'amuse plus
à l'heure qu'il est qu'entre une équerre et un
compas. Voilà sans doute pourquoi M. le comte
se bâtit un hôtel rue Chantereine et a sa loge
au Gymnase; M. le duc ne vient plus ici qu'une
fois l'an !

Je marchais ainsi, perdu tellement dans mes
pensées, que je ne remarquais pas Bourguignon
debout et presque essoufflé sur le seuil d'une
nouvelle pièce... Grâce à lui et à la poussière qui
survint , je m'aperçus que je me trouvais enfin
dans cette chambre par laquelle il avait voulu
finir ses fonctions de *cicerone.*

— Pardieu, m'écriai-je, voilà du *gothique*
au moins !

Pour comprendre cette exclamation , il faut

être au fait de ce que je n'avais pas pris soin
moi-même de constater, distrait et ami du monologue comme je l'étais, en suivant le digne
concierge, à savoir que cette partie de l'é-
difice dans laquelle il venait de me conduire
constituait l'un des pavillons de l'avant-cour;
pavillon qui, pour garder comme l'autre au
dehors la forme carrée, n'en avait pas moins,
à l'intérieur, celle d'un véritable donjon. La
dernière marche de l'escalier à vis que je quit-
tais en était la preuve.

Cela me parut une grande bizarrerie. Ce caprice irrégulier d'architecture au sein de cette
régularité si méthodique! Car le château était
à coup sûr des plus Louis XIV; il n'y avait
pas jusqu'à sa grille, je vous l'ai dit, qui ne
témoignât de cette authenticité.

L'intérieur de ce pavillon, au contraire,
rappelait par sa solidité ces donjons robustes
du quatorzième siècle dont l'on peut voir encore des vestiges dans notre Bretagne, illustres

ruines où chaque pierre sue le nom d'Olivier
Clisson ou de Jean Chandos !...

Pour un antiquaire, ami des dates et
des hypothèses scientifiques, un bibliophile
comme notre ami Jacob, rien ne s'opposait à
ce qu'un Tanneguy ou un Duguesclin *picard*
y eussent pris en 1540 leur collation. Cette
chambre, à laquelle Bourguignon conservait le
titre somptueux de *Chambre-d'Honneur*, avait
au milieu de son parquet carrelé, un lit à que-
nouilles d'or surmonté de mauvaises draperies
rouges, espèce de tapisseries à damas, comme
les portières de Gênes. Ce lit et un grand bureau de cuir noir formaient les seuls meubles
de ce vieil appartement. J'oubliais encore un
large coffre posé comme un marche-pied à
ce lit sombre...

Ce fut peut-être la triste impression de cette
salle qui rembrunit tout à coup la physionomie
de Bourguignon, car il avait l'air de se repen-
tir, tout en m'y faisant entrer. Le jour terne
et gris n'éclairait cette chambre ronde que par

une seule fenêtre; la fenêtre donnait sur un fossé très-profond. En vérité, je m'étonnais fort que cette chambre pût s'être nommée dans le temps *Chambre-d'Honneur.* Elle était sévère et triste. Bourguignon me fit voir, en poussant du pied le large coffre, entre les jointures même du parquet, un cercle assez large ressemblant à celui d'une oubliette... Il marmottait tout bas des mots inintelligibles pour moi.

En même temps, et comme je soulevais en curieux le couvercle du coffre, je trouvai dans ce coffre vide un gros livret recouvert en papier gris, livret à peine cousu, taché d'huile et de notes marginales à l'encre rouge et qui avait pour titre :

Les Chaînes de l'Esclavage, par Jean-Paul Marat.

A Paris, de *l'imprimerie* de *Marat, rue des Cordeliers, vis à vis celle Hautefeuille.*

— Ne touchez pas à ceci, Monsieur, cria

subitement Bourguignon, en m'entendant lire ce titre à voix basse : c'est ce livre-là qui a fait saisir M. le duc !

Bourguignon ajouta avec un effort pénible :
— Et c'est moi!...

Puis sans parole, il tomba évanoui...

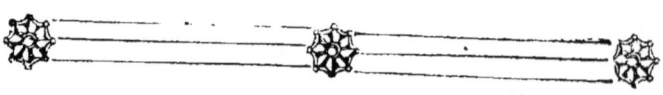

I.

A la suite de cet incident, ma première pensée fut que je m'etais mépris sur ce vieillard. J'ai cru, me dis-je, voir un concierge ordinaire dans cet homme à parole brève, vieux simulacre d'intendant cassé et parleur comme tous les autres, et maintenant voilà qu'il se fait acteur dans ce drame, voilà qu'il gémit amèrement et de bonne foi, comme si les malheurs de ce château et la mort même de son maître étaient son ouvrage! Non, ce brave homme n'a pas joué la comédie devant moi; ce n'est pas pour me tromper qu'il a pâli, et pour m'intéresser qu'il vient de tomber en défaillance... Ce pauvre vieillard chauve et délaissé, l'unique propriétaire du château, à l'heure qu'il est, se sera heurté le front à quelque souvenir, à quelque hasard, je le crains; oui, ne fût-ce qu'à ce livre oublié que je touchais!

Ces réflexions seules m'auraient conduit à un examen plus sérieux de Bourguignon, si la convalescence, qui suivit cette espèce de crise arrivée sous mes yeux mêmes à ce vieillard maladif, ne m'eût pleinement dédommagé de mes soins en m'instruisant de mille détails curieux pendant ses heures de souffrance. Transporté dans la logette du garde, à l'autre extrémité du parc, et comme plus à l'aise loin de ce triste château, le digne homme se montrait à

2

moi sous un aspect nouveau d'intérêt et de récits. Avec une figure sereine et calme comme celle d'un patriarche, il semblait porter le poids d'un crime dont il était innocent.....

Ce fut là enfin, et quelques semaines avant sa mort, qu'il me raconta en partie l'histoire suivante que je mis en ordre quatre ans après sur les débris de ce domaine vendu.

. . . .

Dès le mois d'août 1789, le duc de C..... manifesta l'intention de revoir le château. Le duc revenait alors d'Angleterre et en avait écrit secrètement à Bourguignon. Si vive que fût déjà la tourmente révolutionnaire, le duc, au lieu de fuir et d'émigrer, revint en Picardie accompagné de sa fille qui avait alors seize ans. Les communes environnantes présentaient, à cette époque même, l'image d'un territoire conquis et opprimé. Des clubs et des

comités de surveillance s'y trouvaient organi-
sés, et les passe-ports exigés par les clubistes
qui singeaient en véritables énergumènes leurs
confrères de Paris. Des placards injurieux
contre les nobles se trouvaient affichés ou glis-
sés sous le treillage même des annonces de
mariage dans les églises. Le petit village
d'Hei...y n'avait pas été préservé de la conta-
gion. Le comte put fort bien lire sur les murs
de la mairie l'annonce de *l'horrible conspiration* découverte en 1768, avec celle des *papiers
de la Bastille*, papiers fameux dont le journal
de Prudhomme entretint si prolixement ses
lecteurs. Il se publiait aussi dans les provinces
et par anticipation de la guillotine des livres
du libraire Garnery : livres semblables à l'é-
chantillon qui suit : *Liste des ci-devant nobles,
nobles de race, robins, financiers, intrigans et
autres aspirans à la noblesse ou escrocs d'icelle,
avec des notes secrètes sur leurs familles.* etc. [1]

[1] Garnery, libraire. Paris, rue Serpente. (92 à 93.)

2*

Harcelée d'ailleurs par Fréron, l'assemblée législative était journellement décriée aux yeux du peuple; les aboyeurs se l'enlevaient toute par morceaux. Pour un esprit curieux de prévisions politiques, la France ne pouvait lutter, et l'insurrection, depuis long-temps assoupie, devait grandir. Comme à toutes les époques malheureuses de l'histoire, les avertissemens les plus sinistres ne manquèrent pas à celle-ci; cependant elle fut aveugle, l'époque d'alors, aveugle par son impuissance à croire au mal, belle et sereine époque dont les cheveux blanchirent avant l'âge, toute réalisée dans la tête auguste et sanglante de la princesse de Lamballe!

Avant d'en venir aux craintes, la noblesse de France douta long-temps; elle se réfugiait dans son passé comme pour en obtenir une défense. Rien qu'à voir les vieilles tourelles de son sol, elle se croyait imprénable. Comment déchaîner contre son écu sa vaste population de vassaux et de villageois? Comment la traîner

presque à la barre de ses bienfaits? Car elle
avait défriché ce sol et arrosé ces provinces ; elle
avait habillé son peuple à elle et baptisé ses enfans ; elle était forte comme un grand fleuve
épanché qui, sans être océan, peut remuer des
navires. Il ne lui manquait ni amour ni douce
popularité; c'était encore le temps des chapeaux
ôtés devant son seigneur, et des flambeaux de
résine allumés joyeusement pour sa venue.
Voltaire lui-même, M. de Voltaire, le gentilhomme, chambellan titré du roi de Prusse, s'é-
tait bien gardé de l'attaquer, cette noblesse ! Il
avait eu son couvert mis à toutes ses fêtes,
ainsi que le peuple ; il l'avait vue, cette noblesse se faire bourgeoise sous Louis XV, de
guindée qu'elle était sous Louis XIV ! La noblesse de France était devenue à la lettre le
contrepied de M. Jourdain. Ennuyée de sa
broderie de gentilhomme, elle en était venue
à paraître en robe de chambre, affable et paisible sur la fin de ce règne du plus paisible et
du plus bourgeois des princes. Ce lui fut donc

une cruelle chose à prévoir que ces repré-
sailles et cette issue; elle dut détourner d'abord
la tête à ces présages pour ne point accuser
la nation d'ingratitude! Triste noblesse, qui
ne croyait pas à ce mot!

Ce qui ne doit pas sembler moins étrange,
c'est que la pensée du duc pût aller, dès cet
instant même, au-delà de ces prévisions ordinaires. Confiant jusqu'à l'imprudence pour
lui, le duc de C...., rejeton courbé d'une
vieille tige, était devenu défiant pour sa fille
unique; seulement il ne lui faisait part d'aucune de ses craintes. Il la rassurait au contraire et l'encourageait à la gaîté. Heureux sans
doute de racheter par cet amour les dissipa-
tions étourdies de sa jeunesse, il avait concen-
tré dans cet enfant son avenir et ses joies.
Dans un âge où les premiers et les plus sim-
ples progrès sont à peine sensibles, Eugénie,
sans autre maître que son père, avait devancé
déjà les éducations de couvent les plus bril-
lantes; elle savait l'anglais, l'italien et chan-

tait Campra et Gluck à livre ouvert ; elle bro-
dait les fleurs presque aussi bien que Boufflers
ou un colonel de Poinsinet. C'était une belle
jeune fille, blonde et presque blanche avec
fadeur, de cette blancheur pâle et transparente
qui caractérise les molles statues de Rysbrak.
En la regardant parfois dans ce grand salon,
occupée et recueillie en ses études, le duc
essuyait une larme furtive, comme si la fleur
de cette jeunesse dût souffrir ; comme si quelque jour les embrassemens paternels dussent
manquer à cette tête chérie ! Il arrive souvent
que la jeunesse la plus dissipée et la plus folle
devient la plus douce et la plus indulgente
des vieillesses. Les moindres caprices d'Eugénie étaient respectés par son père; pour un des
oiseaux égarés de sa volière il eût couru tout
le parc ! Il ne lui parlait jamais mariage ni
mari. Cependant et devant les orages désastreux qui s'amoncelaient, on concevait aisément l'anxiété qui venait saisir son âme. Il se
voyait presque à la veille de fuir et de laisser

Eugénie aux soins d'une vieille tante para-
lytique. A moins, se disait-il, que je ne la con-
fie à Bourguignon! Mais il repoussait ces idées,
il les évitait et s'encourageait lui-même; il était
trop père pour délaisser son enfant!

Cependant son voyage récent en Angleterre
avait eu son but caché. En effet, ce n'était
guère pour observer de près l'exemple tant de
fois invoqué de cette constitution anglaise,
constitution qui trouvait partout des commen-
tateurs et des apôtres de tribune, que le duc
avait traversé le détroit. Des amitiés de famille
et des souvenirs d'enfance l'unissaient étroitement à sir Erkston, intendant en chef de la
maison du prince de Galles. Sir Erkston, dont
la fortune était médiocre d'ailleurs, n'avait
qu'un fils assez jeune, Williams Erkston, qu'il
destinait au barreau. Eugénie et le duc
avaient passé quinze jours dans cette famille
paisible et simple comme une famille de la
Bible. Le puritanisme de manières, imposé au
jeune homme, seul trésor de cette famille, fai-

sait peut-être encore mieux ressortir la charmante jeunesse de sa figure. Williams Erkston
pouvait avoir dix-neuf ans.

Le motif du duc', en visitant de nouveau
sir Erkston et en faisant appel à ses souvenirs,
avait-il été de se ménager une retraite en Angleterre? son retour démentait cette opinion.
Était-ce un mariage projeté entre les deux familles ? mais la fortune du jeune Williams
était bien précaire ; son père d'ailleurs était
déjà soupçonné de se livrer à des spéculations
d'agiotage au moins dangereuses. Le duc
seul avait donc à lui le secret de ce voyage
entrepris avec Eugénie.

De retour au château, il s'entretenait souvent avec elle de l'hospitalité toute cordiale des
Erkston. On doit penser aussi que ce n'était
peut-être pas sans intention qu'il l'entretenait
parfois de sir Williams; car, à ce nom, elle quittait vite ses pinceaux et s'empressait de parler de
Cambridge où le pauvre jeune homme, disait-
elle en riant, devait s'enrouer comme avocat.

— Et le voyez-vous, mon père, s'écriait la
folle enfant, avec sa figure longue, sa houppe
et sa simarre noire?   .   .   .   .

.   .   .   .

Cependant 92 avait sonné. Cet intérieur de
château triste et resserré, défendu jusque-là
par sa solitude et les respects du village, allait
peut-être se voir bientôt envahi. Les gazettes
du soir, envoyées au duc par des amis sûrs,
glaçaient d'effroi la tante d'Eugénie. Le comité
de salut public pourprait enfin l'horizon,
comme un sanglant coucher de soleil, après
les massacres et les assassinats de septembre.
Nos armées, battues par les Autrichiens, forcées
d'évacuer la Belgique, amenaient la terreur
au sein de la Convention. En un mot, du sein
de cette Convention même s'élançait la fatale
déclaration du mot *suspect*.

Ce mot de sang, une fois créé, faisait comprendre enfin aux plus aveugles la révolution
française. Elle s'affermissait comme une lave
refroidie, n'avançant plus guère hors de son

cercle, bouillonnante encore et retenant ses forces dans son lit. De sanglans pourvoyeurs amenaient au jour le jour sa pâture, à cette Convention : avec ce mot de *suspect*, les entrailles de la France étaient à jour.

Un soir, et sous l'enveloppe de l'*Ami du Peuple*, le duc reçut ce billet :

« Vous devez être arrêté le 31. »

C'était le 31 mai, ce mois aux approches duquel Marat venait de signer, comme président du club des Jacobins, une adresse dans laquelle le peuple était invité en termes formels à massacrer tous les traîtres. Marat faisait courir alors une circulaire qui invitait les départemens à répéter chez eux les massacres qui avaient eu lieu dans Paris ; il annonçait aussi aux nombreux comités de surveillance établis dans la province qu'il les visiterait *lui-même* bientôt, dans un rayon de trente à quarante lieues.

Ce fut peut-être moins l'émotion produite par un tel avis que son empressement à le cacher à sa fille qui amena sur le front du duc, au milieu même du salon, une décomposition presque subite... En vain le billet lui annonçait-il huit jours de répit; il se voyait déjà livré à un tribunal de sang, il voyait son deuil porté par Eugénie. Cachant,dans sa manche le fatal écrit, il regarda sa fille et tomba dans son fauteuil... Transporté bientôt dans sa chambre par Bourguignon, il s'y renferma, disant qu'il voulait écrire et être seul. Dans cette nuit même, nuit où son état parut empirer, on alla par son ordre chercher à la ville deux médecins. Le duc fit ensuite venir Eugénie, l'embrassa et lui parla seul une grande heure.

Le lendemain, et comme elle se présentait de nouveau timidement à la porte avec sa tante, Bourguignon, pâle et debout sur l'escalier, annonça à ces deux femmes qu'il était mort!

II.

CES mêmes girandoles que j'avais vues recouvertes d'un crêpe noir, au grand salon du
château, dataient de ce jour sinistre. En un
instant les signes les plus apparens du deuil
avaient brusquement assombri cette demeure.
A l'intérieur, tous les gens du duc en habit
de voyage, se disposaient à partir : telle avait

été à leur égard sa dernière et sa plus expresse volonté : Bourguignon en avait été l'organe. Ce grave serviteur, vêtu d'un long habit noir, avait suivi seul au cimetière le corps de son maître, l'arrivée d'un représentant républicain, qui devait coucher au château, lui fournissant un motif pour hâter l'heure de l'enterrement. Malgré ses efforts pour cacher aux deux femmes cette triste cérémonie, l'une d'elles avait poussé un grand cri en s'approchant à la lune de sa fenêtre : c'était la triste Eugénie! Madame de Sivrac, sa tante, trouvait à peine assez de forces pour la consoler, tant cette mort avait été rapide. Retirées toutes deux dans l'autre pavillon du château, elles abandonnaient ce grand corps de murailles à sa triste viduité. Véritablement on ne pouvait trop dire qui du château ou du seigneur était mort!

Une lettre, écrite d'une main tremblante, était le dernier gage de tendresse et d'effusion laissé par le duc à sa malheureuse Eugénie;

il y avait joint sa croix de Malte dont il était
commandeur, un drageoir en or et quelques
cheveux. Quant à madame de Sivrac, c'était à
elle aussi bien qu'à Bourguignon que le duc,
au lit de mort, avait confié sa fille; pauvre
jeune fille placée entre ces deux existences
chancelantes, impuissantes à se défendre elles-
mêmes! Cette lettre du duc, à l'étudier avec
réflexion, était vraiment admirable..... On
eût dit quelque chose des suaves adieux d'une
âme qui donne rendez-vous à sa sœur dans
un meilleur monde; elle portait en elle les
parfums de l'espérance et les joies de l'avenir.
Il y était question de retour et de doux embrassemens... Eugénie, hélas! n'en comprit que
le cachet noir... Ce noir cachet, scellé des armes renversées de sa famille, semblait clore
pour elle tout horizon de bonheur; il rembru-
nissait encore la teinte déjà sombre de ce ciel
d'orage. Le couvent, à toute autre époque,
fût devenu l'asile d'une telle douleur; la prière
aux saintes ailes l'eût bercée; mais, en ce

temps d'effroi, une curiosité insurmontable
et presque fatale rivait au contraire au monde
ces découragemens profonds : les femmes elles-
mêmes sentaient le besoin de voir et de s'ex-
poser. Eugénie demeura donc dans le château
avec sa vieille tante. Nuit et jour, Bourguignon redoublait pour elle de sollicitude; il
évitait de lui parler des événemens ; il eût
craint sans doute de la perdre en provoquant
une fuite. Eugénie vivait ainsi, paisible et triste,
sous ce toit où elle était jadis si paternellement
aimée; triste château où elle croyait parfois
entendre des pas à la porte même de sa
chambre ! Ces visions glacées la tourmentaient
au point qu'elle priait sa tante de ne plus l'a-
bandonner.

Cependant, huit jours après cet événement, Bourguignon ouvrit la grille à deux ca-
valiers montés sur de sales bidets de poste.
La pluie, qui n'avait cessé de laver les routes,
laissait sur les bottes et les manteaux de ces
voyageurs des sillages récens : l'écharpe même

qui les ceignait en dessous avait déteint; mé-
lange dégoûtant de bleu, de blanc et de rouge.
De mauvais pistolets vieux et ternis ressortaient
de cette écharpe; un bonnet d'ours couvrait le
front de l'un d'eux. Ils mirent pied à terre près
du perron.

— Le citoyen C...? cria l'homme au bonnet
d'ours.

Bourguignon, touchant, d'un air triste,
le crêpe de son bras droit, répondit que son
maître, le duc de C..., était mort.

Celui qui accompagnait le bonnet d'ours
et qui semblait un jeune homme de vingt-
trois ans au plus, fit répéter cette réponse au
vieux concierge.

Bourguignon l'examina. Jamais peut-être,
sous l'habit républicain de l'époque, il n'avait
entrevu plus belle figure. L'étranger était vêtu
de noir, les cheveux longs et bouclés, d'après
la mode d'alors; il portait sous le bras un dossier de parchemin. Il semblait consterné de la
réponse du concierge : celui-ci pensa que

3

c'était peut-être le dépit d'un voyage inutile
qui le tourmentait.

— Allons, ne viens-tu pas, citoyen Barbeau?
lui cria son camarade.

Le jeune homme le suivit sans trop savoir
où il allait. Bourguignon leur proposa lui-
même de leur montrer le château.

— Suffit, citoyen concierge ; la première
chambre venue..... nous nous dispensons d'une
visite domiciliaire, dit le bonnet d'ours. Ce
n'est pas après trente lieues de poste qu'on
fait de ces choses-là; et quelles routes encore!

— Il est vrai que la partie des routes est
légèrement entamée pour le quart d'heure,
citoyen , reprit Bourguignon. Ces damnés
fourgons qui nous reviennent chaque jour
d'Autriche...

— Allume-nous du feu dans cette pièce-ci
et va-t'en. Sarpedieu ! ta cheminée fait des
siennes; elle fume comme l'enfer! Ouvre-moi
ce panneau-ci.

— La clé de ce panneau, citoyen?

— Et bien oui, la clé de ce panneau ?

— C'est que, voyez-vous, reprit Bourguignon avec embarras, c'est un donjon où vous géleriez, citoyen : on s'y meurt de froid, même en août.

— C'est bon ; nous avons des fagots et le journal de l'abbé Royou pour faire du feu. Peste ! une fenêtre à barreaux et des murs en pierre de taille ! voilà qui sent la Bastille, mon petit Barbeau.

Pourtant le bonnet d'ours et le jeune homme étendaient déjà leurs manteaux devant le feu allumé par le concierge. La répugnance de Bourguignon à loger ces hôtes nouveaux dans cette partie du bâtiment devenait de plus en plus visible. Heureusement pour lui qu'elle ne fut point remarquée. La *Chambre-d'Honneur* (c'était bien elle) s'éclairait alors des flammes chaudes et pétillantes du sarment ; la pluie battait la fenêtre.

— Puis-je me retirer, citoyens ? balbutia le concierge.

3*

— Après deux questions que nous allons te poser, dit le bonnet d'ours. Premièrement, qui diable habite ton château?

— Deux pauvres femmes, citoyens; une mère avec sa fille : cette femme est l'ancienne lingère de M. le duc.

— Tu mens.

— Aussi vrai, citoyens, que j'ai en horreur les honnêtes gens et les modérés.

— Bien. Tu me jetteras un matelas dans la chambre à gauche; mon secrétaire occupera celle-ci : c'est un jeune homme, il faut qu'il ait le beau lit.

— Si pourtant ces messieurs désiraient le grand salon?

— Des salons! imbécile! cela est bon pour des Girondins. Du fromage et du vin du crû, marche!

Bourguignon redescendit; le bonnet d'ours s'approcha de la fenêtre. L'orage s'apaisait, et le marbre des bassins luisait au soleil; quel-

ques piverts se montraient sur les grands sa-
pins du parc.

— Les belles prairies! soupira le jeune
homme.

— Tu as les goûts purs; tu aimes la cam-
pagne, Barbeau.

— La république une et indivisible ne le
défend pas, citoyen.

— Range un peu ces médecines et ces papiers. Pardieu ma valise est légère pour un
président! Tu as mes épreuves, n'est-il pas
vrai? J'ai quelque envie de les mettre en ordre
ici. A Paris, tu le sais, il m'est impossible de
travailler. Si je passais huit jours en ce château, qu'en dis-tu?

— J'admire ton activité, citoyen. Hier au
soir tu assitais à la *Mort d'Abel* par le citoyen
Legouvé; il y a trois jours tu foudroyais La-
croix à la tribune, et maintenant, après une
journée de poste, te voilà seigneur d'un donjon de Picardie!

— Peste soit de Paris, Barbeau! on n'en fi-

nit pas avec les ovations et la boue ! Le Ciel les
écrase tous, excepté Fouquet-Tinville; ils m'u-
seront à la peine comme ils feraient d'un cheval
de forge ! J'ai bien besoin, en vérité, des cou-
ronnes de Rochet ! Un guichetier du Temple
couronner l'auteur des *Découvertes sur le feu,
l'électricité et la lumière !* Vois-tu bien, Barbeau, il y a des instans où je me prends à regretter mon habit violet de médecin des gardes
d'Artois. Dans ce temps, le premier goujat ne
m'enlevait pas en l'air.

— Aussi, n'étais-tu pas alors *l'ami du
peuple;* tu faisais de la physique, citoyen.

— Je le crois bien ; demande à l'abbé Saas.
Je traitais Newton d'imbécile et de girondin,
va! L'académie de Lyon possède encore des
discours de mon écriture. Il faudra que je la
déclare suspecte, cette académie de Lyon; elle
ne m'a donné autrefois qu'un *accessit.*

Bourguignon revint alors avec du fromage,
un reste de lièvre et une bouteille de vin du
Rhin.

— Tudieu, l'ami, voilà de belles armes sur le cachet! Il paraît que la cave est noble? Est-il bête d'être mort, cet aristocrate de C...! dis-nous un peu s'il t'a laissé par testament toutes ses futailles? Par le papa Guillotin! voilà une bonne prise que manque la Convention! Il entretenait, je le sais, des liaisons secrètes avec plusieurs émigrés; ami des Mouchy, des La Rochefoucault! Au surplus, c'est Danton qui tenait à cette affaire : je m'en lave les mains exactement...

Il s'essuya les mains à la serviette même du concierge. Bourguignon recula en voyant la marque qu'avaient laissée ses cinq doigts : c'était presque une poignée de main de Marat!

Débarrassé de son épais bonnet d'ours, Marat se mit à table avec une activité gro-tesque. En quatre minutes il expédia son re-pas. Ce repas fini, il dit à Barbeau de lui faire son café.

Le jeune homme tira d'une petite boîte de ferblanc quelques pincées de moka, les jeta

dans l'eau chaude et mit sa cafetière au feu
en fredonnant l'air :

Allons, enfans de la patrie...

Marat, pendant ce temps, essayait une
promenade de long en large, s'approchant de
temps à autre pour lire près de la fenêtre les
nombreux papiers qu'il tirait de sa valise.

— *Pétition des quinze cents femmes à la
Convention en faveur des détenus.* Nous avons
le temps. — N° 37 du *Journal de Prudhomme.*
Tu liras ceci, Barbeau. — *Costumes républi-
cains, par le citoyen David.* Ah! cela est mieux ;
mais qui diable les portera? ce n'est pas moi
d'abord qui tiens à mon habit brun depuis le
coup de pistolet de la Butte-des-Moulins. Ce
bon David! que ne recommence-t-il des Bru-
tus? — Les *Chaînes de l'Esclavage !* voilà mes
épreuves, petit Barbeau. Ah! à la bonne heure,
les *Chaînes de l'Esclavage !*

Il reprit avec une sérénité paterne et de l'air affectueux d'un professeur :

— Corrige et mets au net, mon cher Barbeau. Tu as de l'esprit et tu écris bien l'anglais; tu reverras pour moi l'abrégé de Cotton et l'histoire de Hume, qui est dans ta malle· Prends bien garde surtout aux inutilités et aux redites. Je vais faire un tour dans la commune. Adieu.

Il but coup sur coup trois tasses de café, renfonça de nouveau son bonnet d'ours et sortit.

Celui qui demeura seul alors dans la chambre regarda par la fenêtre, l'espace de cinq minutes. Quand il se fut bien assuré de ce départ, il tira à son tour d'un sac de voyage du linge fort propre, des rasoirs et de petits ciseaux anglais d'une élégance et d'une perfection incontestable. Ce fut de son mieux qu'il ajusta devant la glace la pyramidale cravate blanche que portaient les représentans; de son mieux encore qu'il brossa la vétusté de son frac à boutons d'argent, et qu'il lustra d'huile sa brune

chevelure. Sa toilette ainsi terminée avec tout
le soin d'un gentleman, il écrivit.

Ce qu'il écrivait, quinze générations d'experts
auraient eu peine à le déchiffrer alors; vous
eussiez dit le Talmud. Des mots sans figure,
sans ordre, jetés à la hâte sur de petits papiers
épars, et chiffrés avec des signes plus embar-
rassans encore, formaient les pages que devait
traduire sa plume. C'était une série de chapitres
moitié français et anglais, les uns manuscrits,
d'autres imprimés, épreuves fautives et mal for-
mulées pour la plupart, tout cela sortant par
morceaux d'un immense dossier, comme les
cent têtes de l'hydre de Lerne. Ce périlleux atlas
n'avait cependant pas l'air d'effrayer le secrétaire; il s'orientait et suivait du doigt chaque
indication, de manière à remplacer les pages
qui manquaient à ces épreuves par des pages
aussi nettes que les épreuves elles-mêmes De
quart d'heure en quart d'heure, il se levait et
se rasseyait presque aussitôt. Évidemment ce
fastidieux combat devait en faire un martyr :

il bâillait et se tordait comme l'esclave de
Néron empoisonné par Narcisse. S'il vous
eût fallu lire ce que copiait ce jeune homme,
à l'air patient et résigné, je crois que
votre courage aurait fléchi. A cette heure
même, et bien que le livre en question datât
de 74, le paradoxe et l'enflure en faisaient
les frais. La déclamation tribunitienne de
Marat perçait déjà hautement dans cet ouvrage;
on y trouvait des maximes en latin telles que
celle-ci : *Expedit unum hominem mori pro po-
pulo;* plus loin, il y avait des exemples tirés de
l'histoire de Hume avec des réflexions dans le
style du père Duchesne. *On devient sacrilége
alors qu'on délibère* avait paru à ce bon Marat
une règle excellente de critique; aussi se
gardait-il bien de *délibérer* en jugeant Henri IV,
Louis XIV, Auguste, Marie, Charles Ier et Jac-
ques II. Empreintes d'une irrécusable naïveté
et d'une sanglante bonne foi, ses appréciations
historiques ne tendaient à rien moins qu'à dé-
clarer justiciables de la guillotine Marie Stuart,

Louis IX, les Stuarts et Caracalla. Ce bizarre accouplement de noms français et de noms romains était, comme on sait, l'une des rages de l'époque; Marat, véritable novateur, avait renchéri sur la réthorique des clubs en y ajoutant des noms anglais. C'est à Édimbourg et en anglais qu'avait eu lieu la première publication de ce livre. Marat donnait alors, dit-on, des leçons de français dans cette ville; Marat, mauvais médecin, faisait de la syntaxe pour subsister. Dans sa préface, il se plaint beaucoup du cabinet de Saint-James; il cite l'exemple de Wilkes et parle des attentats auxquels le ministère se serait porté envers lui au premier vent de cette audacieuse publication s'il n'eût *émigré* à Carliswe, à Bellick et à Newcastle. Il s'y donne comme un *citoyen* du *monde* porté en *lettres rouges* sur les tablettes de Georges III. *Si du moins la France était libre et heureuse ! Mais tes princes, tes magnats sont par leurs vices l'écume du genre humain ! Quels maux ne t'ont pas faits tes mandataires, lâches esclaves du plus vil des mortels ?* C'est ainsi que se termine cette préface nommée *notice* [1].

Il y a loin de là, vous le voyez, aux énergumènes fureurs de sa dictature, Marat le professeur est un pamphlétaire bien humble qui écrit, en 74, à Édimbourg, des injures anglaises contre un roi français. Ce n'est qu'en 92 qu'il réimprima ce livre! Entre ces deux dates s'agite la vie de cet homme. L'auteur des *Mémoires académiques* et des *Recherches sur l'électricité médicale* jette dans le ruisseau de

---

[1] Lisez, si le courage ne vous défaut, les propositions énoncées dans ce livre de Marat : c'est une boursoufflure de style et une affectation de périodes qui rappelle à la lettre les numéros du *Constitutionnel*. L'amplification et l'emphase étaient, comme on sait, le type de l'éloquence tribunitienne ; tout le monde peut donc comparer cette éloquence avec celle du journal ministériel qui contenait des phrases pareilles à celles-ci, dans ses feuilles de 1830 : *Soleil de juillet, est-ce là une conséquence de tes rayons ? O intolérance religieuse, voilà de tes coups !*... et autres déclamations au sujet de la rue Bourbon qui *osait encore* s'appeler ainsi. Ce même journal, qui appelait en outre, en 1829, Albion *perfide* et *vorace*, lui décerne aujourd'hui le titre fastueux de *reine des mers* et de *maîtresse du trident !*

la rue Saint-André-des-Arcs tous ses livres
d'expériences imprimés à Londres, à Leipzig,
à Rouen ; il comprend qu'il n'a que cinq pieds
de haut et que ses traits sont hideux ; il voit
le peuple, il crie pour le peuple, il est plus
peuple que ce peuple ! Bafoué d'abord pour sa
taille comme Démosthènes, il n'essaie pas des
cailloux de l'orateur grec, il se laisse pousser
heurter, marcher sur les pieds, et s'en va
rouler sous la chaise même de Danton. N'ayez
pas peur que, pendant ce temps, il lui revienne
en idée de revoir *sa* littérature; il n'a que le
temps de pétrir avec un peu de sang et de
boue l'*Ami du Peuple,* de conseiller de pendre
huit cents députés à huit cents arbres du jardin des Tuileries, et à leur tête Mirabeau qui
fait fi de lui ! Ce n'est pas que ses pamphlets
soient sans valeur : le ministre Roland les
paie; mais il sait comment se font les pamphlets, le docteur Marat! Il les fait si vite,
qu'il a senti lui-même le besoin de se faire
presse. Il imprime chez lui, dans sa rue, à poste

fixe ; il imprime contre Necker, Louis XVI, Mirabeau, la municipalité et le châtelet de Paris;
mais tout cela se perd, se broie, se déchire
sous la meule de l'échafaud : on lit si vite!
Tout cela d'ailleurs est cruellement palpable,
nullement sophistique; tout cela va droit au
but. Il traite ses collègues de *gueux*, de *chiens*,
de *cochons*, dans un style qui n'est rien moins
qu'elliptique. Il n'a pas le temps d'écrire à
Paris, comme il le dit; il écrit tant, si souvent, à chaque minute, à chaque heure! Il
faut donc bien, si le Ciel est juste, que tout
cela ait un terme, que Marat se *repose*, qu'il
ait du temps! Pour se revoir et se mettre au
net, il aura 92. En 92, après la hache levée
sur Louis XVI et sa justification à lui, Marat,
devant son propre tribunal de la Convention,
Marat, l'homme rouge des clubs, le plus grand
scandale de cette assemblée qui fut elle-
même un si long scandale aux yeux de l'Europe,
Marat, le publiciste et le pamphlétaire, s'efface;
il rêve par avance les honneurs du Panthéon et

même de l'Académie; il châtie son style et réimprime les *Chaînes de l'Esclavage!*

Ne vous y trompez pas, ce livre inquiète Marat !

La lassitude seule obligea le secrétaire Barbeau à s'endormir.

III.

Quand il s'éveilla, tout le site était changé ;
il lui sembla que le soleil jaunissait le sable
du parc, que les gazons et les maronniers étaient
plus verts. En ouvrant la fenêtre, il trouva
l'air chargé de parfums ; la pluie de la veille
filtrait encore goutte à goutte par la gueule des
crocodiles en pierre de l'étang.

4

Le jeune homme descendit avec précipita-
tion. Il y avait long-temps qu'il n'avait respiré
l'air du matin, plus long-temps encore qu'il
n'avait couru libre et gai comme un enfant.
Cette promenade rafraîchit son sang et ses
idées.

Williams interrogeait chaque plante et chaque fleur avec un sentiment de fraternité
joyeuse; il les nommait toutes comme eût fait
un patriarche de ses filles; il ressemblait à
Adam dans la belle vallée d'Éden. Ce pauvre
jeune homme passait donc une fois le front
levé! Il n'avait plus à rougir en se promenant ou à trembler à la voix du maître; il
pouvait reprendre le fil de ses félicités d'enfance et se croire encore Anglais! Ce parc tout
anglais lui rappelait presque Windsor, Windsor, vieux château aux portraits de reines; véritable château de Stuarts! Windsor, où Williams avait fait de délicieuses promenades
il y a quatre ans! Serait-ce une reine que
vous cherchez, Williams? Pourquoi regarder,

citoyen, les fenêtres de ce château comme ferait un espion ? Pourquoi ces demandes à Bourguignon, ces promenades et ces descentes fréquentes dans le parc ? Williams, le moindre être vivant doit se cacher, trembler ou fuir devant toi : tu n'es plus William, tu es Barbeau, le secrétaire de Marat !

Avant d'accuser une pareille transformation, il faut savoir ce que ce jeune homme avait souffert ; c'était un secret entre sa mémoire et son courage. Williams Erkston, l'Anglais Williams, le jeune avocat de Cambridge, avait un jour quitté brusquement la maison du vieil Erkston ; il avait passé en France. Bien que ce déplacement pût se traduire alors par une envie naturelle de voir les choses, il semblait étrange que Williams, cité par ses talens dans cette université, allât se mêler en acteur obscur à ce drame ; qu'il préférât l'expatriation au repos. Telle avait été cependant sa résolution. En 89, il vint habiter le quartier Saint-Jacques ; dès 89, il pérorait dans

les clubs avec la ferveur d'un néophite mon-
tagnard. Malgré son accent très-légèrement
anglais, il forçait le peuple à l'écouter et les
sections à le laisser vivre. Il était même cité
comme un ami de Courtois et de Danton.

Si quelque démagogue incrédule eût pu
mettre en doute à cette époque la *pureté* d'in-
tentions qui animait ce jeune homme, son in-
décsion se fût peut-être accrue par l'observation
de la vie naïve et solitaire de Williams. Le jour,
il sortait à peine et se montrait rarement : ce n'é-
tait guère qu'aux assemblées du soir qu'il se
rendait. Il n'abusait pas de la parole comme les
autres, avec force, emportement ; sa parole, à lui
Williams, était douce, onctueuse, et cadencée.
Il parlait de la république en style d'églogue ;
il la revêtait des couleurs bibliques de l'É-
criture. Orateur de paix dans un siècle de sou-
lévemens, il appliquait sa poésie neuve et candide à toutes les conséquences furibondes du
raisonnement ; c'était un diacre, jeune et beau ;
prêchant l'hérésie. Poursuivant la perfectibilité

avec amour, il fermait les yeux pour ne point
voir toutes les hideuses *perfections* qui s'inven-
taient, à commencer par celle de la guillotine,
la plus *parfaite* des souffrances humaines. En
un mot, peu lui importait l'arène brutale et
sanglante des passions d'alors; un mysticisme
ardent, reste de son puritanisme anglais, di-
rigeait toute sa conduite. D'Herbois l'eût ap-
pelé *saint* et Robespierre *demoiselle*.

La révolution française, plus que toute
autre, était féconde en transformations de
cette nature. Il était facile à tout le monde de
se faire les bras rouges et de crier, de dénoncer
hautement son voisin au risque de n'avoir
plus sa propre estime, de soupçonner enfin
tous ceux qu'on voyait, afin d'éviter soi-même
le nom de suspect. Cette acrimonie vraie ou
feinte devenait un passeport. Mais traverser
à pied et dans ses mille circuits cette période
sanglante, se faire, au milieu de ses colères, un
bouclier de sa parole heureuse et limpide, marcher au milieu d'elle le front serein et le re-

gard froid, assister, bien qu'étranger, à ce spectacle et y assister à la vue de tous et au premier banc; souffler au besoin toutes les fureurs et déchaîner toutes les rages , sans que
l'on ait soi-même en son âme rage ou fureur,
sans que l'on soit autre chose que l'hôte et
non le sujet de ce pays, sans qu'on s'intéresse,
qu'on palpite et qu'on avance à mesure que
palpite le peuple et que monte le flot, n'y
a-t-il pas dans ce déguisement la plus sublime
et la plus amère ironie? Pourquoi Williams
allait-il donc à ce grand tournoi d'idées révo-
lutionnaires? Pourquoi ce jeune homme tou-
chait-il de si près à l'échafaud?

Le secret de Williams était à lui ; il lui appartenait, il l'avait bien acheté! Lui seul savait pourquoi, pouvant se faire juge de cette
révolution de France, révolution toujours in-
cessante et malheureuse, il s'en était fait le
complaisant; lui seul avait le secret de ce dévoûment factice à des idées que sa raison

froide et juste!, sa raison d'Anglais, n'avait con-
damnées que trop! Le secrétaire Barbeau avait
seul la clé de Williams.

Avant de descendre au jardin, il avait eu
soin de demander à Bourguignon si son *camarade* s'était levé. Le concierge répondit que, la
veille au soir, le citoyen Marat avait pris médecine et qu'il dormait. En remontant le perron,
Williams crut entendre un léger bruit près de
la salle à manger; il distingua même la voix
cassée d'une vieille femme : c'était sans doute
la lingère dont Bourguignon leur avait parlé.
En ce moment retentit au sommet de l'escalier la voix de Marat.

— Barbeau, citoyen Barbeau!

Williams connaissait deux voix à Marat, sa
voix ordinaire, malade et couverte par l'enroû-
ment; sa voix de club, gonflée, foudroyante :
c'était cette dernière qui venait de l'appeler.

Le secrétaire monta vite et trouva le président des Jacobins qui l'attendait. Marat demeurait au lit, le front recouvert d'un mau-

vais mouchoir. A ce propos, on ne saurait trop remarquer la rudesse véritable et la pauvreté vraiment étrange de ces temps. L'égoïsme d'argent, caractère infamant de ce siècle-ci, cet égoïsme pillard qui remonte à l'époque même de l'empire, égoïsme d'or, de richesse, d'habits et de tableaux, ne fut pas le vice des hommes influens d'alors : la dictature républicaine avait à peine des bottes. L'habit fastueux et couturé d'or d'un général de l'empire eût fait lever alors les épaules à ces tribuns; ils pouvaient bien copier Rome et cacher au besoin le sang de leurs mains sous la toge, mais ce ne fut point à eux que la guillotine profita.

Marat se leva donc à demi sur son matelas. Il tenait à la main le cahier d'épreuves qu'il venait de chercher lui-même dans la chambre du secrétaire où elles étaient restées sur le bureau de cuir toute la nuit.

— Dites-moi, Barbeau, vous arrive-t-il quelquefois d'être ivre?

— Jamais, Citoyen.

— De confier ces épreuves à qui que ce fût?

— Jamais.

— Soupçonneriez-vous quelque homme assez hardi pour vous les avoir soustraites ?

— Je ne vois personne, citoyen.

— Comment donc alors se trouvent-elles annotées en marge à l'encre rouge? Qui a fait ces lignes? Voyez!

La stupeur et la rage entrechoquaient les dents de Marat pendant qu'il prononçait ces paroles : il venait de jeter le cahier à la tête de Williams...

Le jeune homme mordit ses lèvres déjà blanches : c'était un outrage de plus à ajouter à tous ceux de son martyre. Lui, Anglais, fils de gentilhomme, se voir insulter par Marat!

— Tu ne réponds pas, Barbeau? tu ne réponds pas. Tu sais pourtant que c'est moi qui *fais tout* à l'heure qu'il est. Qu'as-tu à me dire? Parle.

— Citoyen, ce que je puis affirmer, c'est que le cahier n'a jamais quitté mon pupitre; c'est

à Paris et rue Hautefeuille que de pareilles an-
notations ont dû avoir lieu. Elles sont, j'en
conviens, dit le secrétaire en les parcourant
d'un œil terrifié, elles sont blasphématoires et
attentatoires à la dignité comme au maintien
de la république. J'ose présumer que vous ne
m'en croyez pas l'auteur?

— Je crois tout, je veux tout croire, dit-il
en se renfonçant sous la couverture ; tout
croire, Barbeau, des aristocrates et des traîtres.
Je voudrais en tenir un, ce duc de C..., par
exemple, que tient la tombe à cette heure! Ce
sont eux qui sont cause que je souffre...
Je souffre cruellement, Barbeau. Cette nuit,
j'ai cru que j'allais mourir. Les médecins me
feront crever comme un chien à force de dro-
gues! C'est la lèpre, la lèpre des Juifs, Barbeau! Et cette Convention qui me fouette
toujours le sang! Verse-moi un peu de café,
Barbeau!

Williams, d'une main tremblante, remplit
jusqu'au bord la tasse de Marat; il chercha

ensuite à s'approcher de la fenêtre, la fétidité de cette chambre l'étouffait.

— Eh bien, tu t'es promené ce matin, enfant; tu as vu le parc : je t'ai entendu chanter. Tu chantes, toi! Pardieu, il devait être assez plaisant ce château; j'en juge d'après sa bibliothèque. Voilà un Massillon qui porte un bien joli nom sur la première feuille : *Eugénie!* La comédienne Fleury, qui m'a caché dans le temps, portait ce nom-là.

Williams pâlit.

— Es-tu bien certain, citoyen Barbeau, qu'il n'y ait que ces deux femmes ici? Dans tous les cas, ce seraient de bonnes *tricoteuses*. Je ne sais si j'ai rêvé; mais cette nuit, ne dormant pas, j'ai cru entendre, par le diable! les sons d'une harpe auprès de ma chambre...

— Le concierge nous a dit qu'il ne restait qu'une lingère.

— Une lingère qui sait la harpe! dit Marat avec un ricanement sourd.

— Pourquoi pas ? ta blanchisseuse a bien fait la déesse Raison.

Les yeux de Marat se tournèrent alors vers le cahier qu'il venait de jeter sur ses draps. Il le prit des mains de Williams et lui en montra les additions. C'était un système de réfutation, à l'encre rouge. L'écriture en était nette, concise, quelque peu hâtée, moqueuse surtout. On eût dit le doigt de Dieu sur la muraille de Balthazar.

— Et tu n'as pas vu cela, Barbeau; non, tu n'as pas vu cela? Tu manges, tu dors chez moi depuis cinq mois, et tu n'as pas vu cela? La veille du décret contre ce duc de C..., tu es venu, suppliant, me prier de te prendre pour copiste, et tu n'as pas vu cela! Barbeau, Barbeau, il y a un homme à Paris auquel je t'enverrai porter ces feuilles: il n'y a que lui, vois-tu bien, qui écrive à l'encre rouge. Cet homme, c'est mon ami, mon correspondant, le bourreau!

Le café et la médecine du matin soutenaient

alors sa fièvre. Le café, la fièvre, se disputaient jour par jour le cadavre de Marat. Il retomba assoupi sur son oreiller.

Williams s'était hâté de sortir. Voir dormir Marat était peut-être plus hideux que le voir veiller !

Hébété de peur, le secrétaire rentra dans sa chambre : sa stupeur égalait au moins son effroi. Comment s'expliquer les audacieux changemens du manuscrit, et quel était le mystérieux correcteur de ces épreuves ? L'ironie des notes que Williams parcourait, notes à demi effacées déjà par le crayon de Marat, aurait suffi pour faire décréter de mort quatre-vingts têtes. Ce n'était pas seulement les propositions de Marat, mais jusqu'à son style boursoufflé qu'on inculpait. D'autres fois, *toujours à la marge*, on l'accusait de crime et de lâcheté. La bave irritée du monstre semblait avoir coulé sur ces notes même ; l'empreinte terrible de son pouce montrait qu'il avait passé déjà plus d'une heure à retourner ces feuillets coupables, feuillets heureusement écrits d'une autre main que celle de son secrétaire Barbeau.

Mieux que tout autre, sans connaître l'auteur de ce délit, Williams savait pourtant que nulle de ces lignes n'avait été écrite à Paris ou dans le voyage : c'était la veille même qu'il avait collationné les épreuves. Il fallait donc que quelque main invisible eût fait le coup.

Bien que Williams ne fût pas superstitieux, il éprouvait cependant une certaine frayeur de ces choses. D'ailleurs, il y allait de sa tête et de sa place de secrétaire près Marat; sa place de secrétaire, à laquelle il tenait tant! Sur les neuf heures, il alla donner le bonsoir à Marat; il eut bien soin, avant d'y aller, par une de ces frayeurs que l'on ne s'avoue jamais, d'emporter la clé de sa chambre. Marat se tenait debout et habillé.

— Citoyen Barbeau, lui dit-il, nous partons demain. Voici des dépêches à lire; je me

charge de celles du comité qui m'en écrit long
et est fort penaud de la mort de ce duc de C...
Il paraît qu'ils y tenaient à ce brave duc!
Tu vas t'occuper, toi, de mes épreuves; les
protes attendent : c'est Fréron qui me l'écrit.

En se couchant, Williams plaça, comme la
veille, sur le bureau le livret d'épreuves. Pour
se tenir prêt au moindre caprice du maître, il
s'étendit, botté et demi-vêtu, sur son lit.

Il n'avait pas eu de peine à remettre en
ordre le manuscrit; il couvrit de lignes noires,
les implacables lignes rouges. Il ne pouvait
s'empêcher en les relisant de frémir à la seule
idée qu'un être humain avait osé écrire côte
à côte de Marat! Et cela pour le censurer, pour
raturer Marat et le bafouer insolemment! Williams interrogeait vainement ses souvenirs de
Paris : il ne voyait que le concierge de Marat, et
Williams, qui eussent le droit d'entrée dans
sa chambre, le bouleversement de ses idées
était inouï...

Ne pouvant dormir, le secrétaire repassait
alors en lui-même toute sa vie. Elle était déjà

bien pleine, cette vie de jeune homme; déjà semée de luttes courageuses, de bienfaits obscurs, d'ardens sacrifices... celui de son abjection et de sa misère surtout!

Il en était donc à ce demi-sommeil qui est le repos sans être pour cela l'oubli; il distinguait le froissement de ses oreillers et le bruit de ses rideaux qu'agitait le vent; il voyait aussi le cercle agité que décrivait au plafond la petite lampe qui brûlait sur le bureau.

Cette nuit, la chaleur était étouffante, malgré le mois de mai et l'épaisseur même des pierres de cette chambre gothique. Tout à coup Williams, se frottant les yeux blessés par une lumière plus vive, et prêtant l'oreille comme si elle venait d'être frappée par un pas soudain, vit un personnage singulier à son bureau.

Cet homme s'asseyait à la place même de Williams, il touchait le carton et les épreuves de Williams. A le voir ainsi, bien qu'il ne fût alors qu'accoudé, on pressentait qu'il devait

être de haute stature; il avait le teint pâle et les
joues fort amaigries. De longs cheveux blancs
pleuvaient sur ses tempes; son habit brodé de
perles conservait un vieux nœud d'épaule et
de larges basques à la Louis XV. Williams, stupéfait, n'osait bouger...

Et cela, parce qu'en même temps que
l'homme écrivait, en même temps que sa plume
allait et raturait de nouveau le manuscrit, Williams entendait fort distinctement à gauche le
sifflement aigu d'une autre plume dont le bec
fatal sillonnait aussi des pages. Cette plume
était celle de Marat qui écrivait à côté!

Ayant enfin jeté un regard de mépris sur les
feuillets, l'homme se leva et fit mine d'approcher le livre de la lampe... N'hésitant plus,
Williams sauta du lit.

— Qui que vous soyez, je vous arrête au
nom de la loi, dit le secrétaire d'une voix glacée; car sa voix tremblait et le jeune homme
ne pouvait s'expliquer à lui-même sa torpeur

magique, il ne pouvait s'expliquer par quel prestige, les portes étant fermées, cet homme arrivait à lui.

— Williams! dit l'homme.

— Le duc! dit à genoux Williams.

Le duc et le jeune homme venaient en effet de se reconnaître... Williams croyait voir une apparition; le duc conservait un air à la fois paisible et dédaigneux.

— Sir Williams arrête donc les morts à l'heure qu'il est? dit le duc; il est de la secte des résurrectionistes?

Le secrétaire était pâle et n'osait lever les yeux. Il y avait quatre ans qu'il n'avait vu ce vieillard. Le duc lui tendit affectueusement la main.

— Et l'étudiant de Cambridge, reprit-il lentement, est devenu le secrétaire de Marat!

— Son secrétaire, dit le jeune homme froidement. Il ajouta : Vous êtes, Monsieur, sous le poids d'un mandat d'amener.

Le vieillard baissa la tête.

— Vous paraissez, de plus, ignorer qui vous logez?

— Je le sais, jeune homme; je sais que ce n'est pas sir Erkston, votre père, ni le fils de sir Erkston : c'est le citoyen Barbeau et le citoyen Marat.

– Les momens sont chers, M. le duc; ajournez donc vos mépris. Ce n'est pas le temps de me justifier, mais de sauver votre tête. Dieu m'est témoin que je bénis le ciel de vous voir vivant. Mais entendez-vous ces pas dans la chambre à gauche? c'est Marat qui veille, M. le duc, c'est Marat!

— Et c'est moi aussi, Williams, c'est moi qui veille pour vous, continua le vieillard à voix plus basse; moi qui viens vous dire du fond de la tombe: Quittez cette voie, enfant; quittez ce jongleur de mots et de phrases, ce professeur de mensonge et d'échafaud. Brûlez son livre, Williams, brûlez son livre! Songez à votre père... Comment et pourquoi l'avoir quitté? Pourquoi cet habit de sang, cette

5*

plume de sang, ces lignes de sang? Savez-vous,
Monsieur, que j'ai le droit de vous demander
compte d'une telle conduite? Je vous aimais,
Williams, comme jamais père n'aima son enfant unique, comme à cette heure j'adore et
regrette ma fille. Ma fille! Mais par quel coup
du sort nous revenez-vous ainsi?

— Oh! dit Williams avec un sourire amer;
oh! M. le duc, vous ne le saurez jamais. Vous
seriez, voyez-vous, le dernier à le savoir. Demain, cependant, nos mains nouées, à tous les
deux dans la fatale charrette, je vous le dirais
peut-être. Ce n'est pas pour rien que j'ai bu
tant de mépris! Le mépris, sachez-le, est
bon quand il sauve, et l'idée de la sauver,
elle, m'a tout fait braver. La faillite de mon
père venait de renverser mes espérances; il
était mort vieux et déconsidéré: c'est une tache
affreuse, n'est-ce pas? Or vous qui m'aimiez,
pourtant, vous ne m'auriez jamais donné votre
fille! Je me savais donc séparé de cet amour
par d'insurmontables barrières; il me sem-

blait, à moi, perdu dans la foule, que je ne
pourrais jamais que suivre la vague sans remonter au dessus. La révolution fauchait tout
dans ce pays. Qu'étaient mes succès de barreau ? Stériles, impuissans, près de ces luttes
et de ces victoires turbulentes. Je me jetai
donc au milieu de ces tempêtes ; je pensai
qu'il viendrait peut-être un jour qui ferait
tomber en mes mains une puissance, un hasard qui me soumettrait des têtes. Entre ces
têtes, me disais-je, belles et nobles têtes esclaves nées de la hache républicaine, il s'en
élèvera peut-être une jeune, une adorée... elle
priera comme l'ange et lèvera sur moi ses
belles paupières. Ce jour venu, il sera temps :
j'apparaîtrai! Cette seule pensée, M. le duc,
a fait, quatre ans, mon courage ; pour elle,
j'ai rampé jusqu'à cet homme, je me suis
fait le domestique de cet homme! C'était
mon élu entre eux tous; car il est roi, à
cette heure, en fait d'échafauds ! Dès que je
vous ai su poursuivi, j'ai sali mes mains de

toute sa correspondance... vingt fois votre
nom a passé sous ses yeux, inaperçu, rayé
qu'il était par moi de ces listes de proscription.
Pour épier une seule de ses pensées, à cet
homme, pensées de mort qui pouvaient pla-
ner jusqu'à votre fille, j'ai flatté, rampé, monsieur le Duc, j'ai souri. Cet avis enfin, l'avis
du 31, donné sous le nom d'un ami, était de
moi.

— Williams!

Ils s'embrassèrent. En ce temps, des lèvres
de jeune homme touchaient souvent les froides
lèvres d'un vieillard.

—Le bruit d'une harpe! dit Williams.

Tous les deux, penchés, écoutèrent... Les
notes éclatantes de l'air de Richard enchan-
taient de leur téméraire mélodie cette solitude
nocturne... La harpe s'arrêtait, planait comme
l'aigle, et s'abattait de nouveau. Tout à coup
elle cessa.

— Eugénie! dirent-ils. Ils s'étaient compris
tous deux.

Et alors le duc raconta aussi à Williams
son stratagème; le duc, à son tour, fit à
Williams sa confession. — Pour cette enfant
le malheureux père s'etait rayé lui-même
du livre des hommes! Voilà, disait-il en
montrant du doigt le livre odieux, voilà
quelles sont vos lois! Placé entre l'échafaud et
la confiscation, devais-je hésiter ? Émigrer,
c'était laisser confisquer les biens de ma fille;
monter à l'échafaud, c'était la faire orpheline.
Williams! Williams! comprendras-tu bien
mon dévoûment? Je l'embrassai froide comme
si elle eût pressenti ma fin prochaine. Quand
je lui écrivis et lui parlai, ce fut avec la
main et la voix d'un moribond: je reçus ses
larmes comme je les recevrai peut-être un jour,
si Dieu m'accorde la félicité de mourir près
de ma fille! Ma mort, Williams, me coûta
pourtant plus de deuil qu'à elle. La nuit encore, et quand le fidèle serviteur qui est mon
seul confident soulève la trappe que tu vois,
la nuit, Williams, avec l'aide de cet homme,

je rampe jusqu'à sa chambre, je l'écoute dormir ou prier ! Une nuit, Williams, nuit terrible ! j'ai cru qu'on me l'enlevait. Quelle était cette nuit? je ne puis trop me la rappeler ..... c'était quelques jours après mon deuil, ce deuil qui seul me sauva... Madame de Sivrac, sa tante, voulait peut-être l'emmener; j'entendais partout des pas... La trappe, tu le vois, conserve deux battans, malgré sa forme d'oubliette; la surface se marie aux carreaux de forme ronde qui pavent ce terrain. Si tu prenais cette issue, trente degrés te conduiraient à une voûte large d'une toise; elle aboutit dans la calle de Corbie [1]. Peut-être cette issue, dont les coudes obscurs forment une chambre, servait autrefois à se procurer des vivres en cas de siége : deux ou trois châteaux du pays sont ainsi faits. Caché dans ce caveau, je brave leurs persécutions..... Le jour se passe pour

---

[1] Le monastère de Corbie était autrefois célèbre. Corbie est la fameuse abbaye de Bénédictins de Saint-Maur, fondée par sainte Bathilde, reine de France. Ce bourg, place-forte, fut démantelé sous Louis XIII.

moi bien lentement, heure à heure ; je pense
à ma fille, à ses destinées autrefois si libres et
si heureuses, à l'époux de mon choix que
j'eusse voulu lui donner!.... Ma vie s'écoule
patiente et résignée, grâce aux petites ruses
que j'emploie pour dompter l'ennui de ma
prison volontaire..... J'écris des mémoires
sur ce que j'ai vu, je m'amuse à réfuter tranquillement et avec la plume les discours des
énergumènes de Paris, que chaque semaine,
m'apporte mon fidèle Bourguignon... Non, je
ne puis croire encore que le peuple Français,
ce peuple moqueur avant tout, ne se dégoûte
pas bientôt de ces tribuns en guenilles, de
ces charlatans de mots qui le mènent à la
boucherie! Tu ne saurais croire, Williams, à
tout mon bonheur en corrigeant le manuscrit
de cet homme nommé Marat! C'était de l'orgueil, du délire! Il me semblait qu'en insultant
ce tigre, j'insultais à cette révolution hideuse
qui me prive de mon enfant! Je la tenais en
laisse, je la foulais et la trépignais sous mes

pieds à chaque ligne! Marat littérateur! Marat près de Mirabeau et de Chénier! C'est par trop fort! Que cet homme fasse de la guillotine, c'est son lot!... mais des livres, des livres!...

Il fut interrompu par des cris partant de la chambre à gauche. Le bruit d'une table renversée et d'une voix faible firent tressaillir le duc : ils sortirent tous deux, le duc et Williams, par un mouvement spontané, irréfléchi. Williams, brisant la porte d'un coup de pied, vit une jeune fille, belle et pâle, les mains liées au bois du lit de Marat.

— Quelle est cette femme? cria-t-il en frémissant.

— Ma prisonnière, la fille de feu le duc de C..., aristocrate. Laisse-moi, va-t'en, Barbeau.

Williams présenta son pistolet aux lèvres vineuses et impures du monstre.

— Citoyen, ta signature!

Marat, éperdu, n'avait pas eu le temps de courir à sa valise pour saisir ses armes.....

Le duc, à son tour, abattait le chien des deux pistolets de Marat laissés sur cette valise. Il le couchait en joue comme Williams, et dégageait Eugénie de ses liens... Madame de Sivrac était évanouie sur la marche même de la porte...

— Ta signature à ce laisser-passer, dit Williams. Marat, qui n'osait détourner l'arme, signa. Maintenant, cria le jeune homme au duc, vous êtes libre! Son pistolet menaçait toujours le président des Jacobins.

— Partez avec elle, ajouta Williams; partez par cette issue, M. le duc.

Marat fit un bond. Non seulement la fille du noble, mais le noble lui échappait!

— Barbeau, cria-t-il, infâme Barbeau!

Sous le bras terrible de Williams, il rugissait et mordait ses draps; mais, dans cette lutte, il était miné par la fièvre; il se laissa nouer sur le lit avec les cordes destinées à sa victime...

— Et à cette heure, cria le jeune homme en

le quittant, retiens bien ceci : Le duc de C...
n'est pas mort; c'est lui, Marat, lui seul qui
s'est fait le correcteur de ton livre. Quant à
moi, mon maître, je suis Williams Erkston et
non pas Barbeau; Williams Erkston, qui t'a
servi, qui a refait tes phrases et copié tes arrêts
de mort pendant cinq mois; Williams, l'Anglais,
qui avait pris service chez le plus hideux maître
de France! Pour prix de ceci, Marat, pour mes
gages, je n'ai voulu que ta signature. Ah! tu
as eu confiance en Barbeau, toi qui ne connaissais pas Williams! Tu l'as chargé d'absoudre
ou d'exécuter en ton nom? Eh bien! il a exé-
cuté et absous : ce matin encore, il a froidement essuyé l'affront dont tu as marqué son
visage. A présent, adieu! Williams te jette à la
tête ce que reçut ce matin sur le front le secrétaire Barbeau!

Du revers même des épreuves, il souffleta
la joue brûlante de Marat... puis il regagna l'issue cachée, les cris de nombreux sans-culotte
ayant retenti dans l'avant-cour...

Deux grands mois après ceci, l'un des guichetiers ordinaires du Luxembourg annonça
la charrette aux détenus. L'apothéose de Marat,
assassiné en juillet, bien plus encore que celle
de Lepelletier, donnait prétexte à de nouvelles
exécutions. Entre les victimes qui se croyaient
à l'abri et que la visite scrupuleuse des papiers
de Marat fit ressaisir, se trouvait le duc de C...
Le portefeuille du président des Jacobins portait ceci : *Epreuves*, 1792, *château d'H... Picardie.*

Pour Williams, il faut croire qu'en sa qualité d'Anglais, ou peut-être à cause de son départ présumé, Marat n'avait pas pensé à lui.

Le duc de C... devait être de la troisième
planchée. Il priait dans sa chambre en attendant la charrette ; les guichetiers ne devaient
l'avertir de descendre que sur les quatre
heures. A deux heures précises (l'heure du
dîner des prisonniers), une vieille laitière en
jupe normande frappa avec deux paysans à la

grille intérieure de la deuxième cour. Comme le concierge venait de voir entrer ce groupe, il le laissa ressortir. Le coin de la rue de Condé était alors flanqué d'un sale et noir corps-de-garde; un factionnaire en veste rouge se tenait dans la guérite.

Les trois personnages dont j'ai parlé marchaient, en silence mais avec promptitude. Tout à coup, un petit médaillon tomba de l'une des poches de la laitière : celle-ci ne le vit pas.

— Votre médaillon, *monsieur le Duc,* dit l'un des paysans qui se baissa.

— Aux armes! cria la sentinelle qui l'entendit. Elle tira en l'air, et l'on battit le rappel.

La laitière était le duc de C... les deux paysans Bourguignon, et Williams.

La femme que la détonation de ce même coup de feu fit tomber à la renverse, à l'une des fenêtres de la rue de Tournon, s'appelait lady Erkston. Eugénie était donc mariée depuis deux mois! Le médaillon que laissa tomber le duc était celui de sa fille.

Bourguignon pleurait souvent disant que c'était lui qui avait vendu son maître. C'était lui qui avait été entendu de la sentinelle, Le duc porta sa tête noblement à l'échafaud; il savait sa fille mariée, heureuse; il avait aussi vu mourir Charlotte Corday!

En proie au délire et à la fièvre, son pauvre serviteur mourut chez le garde·chasse, entre mes bras, en balbutiant ce mot :

— Votre médaillon, M. le duc!

. . . .

IV.

Ce garde m'a vendu trois francs le livre de Marat.

LE PAUVRE DIABLE.

FACÉTIE DU TEMPS DU GRAND-ROY.

(1670.)

6

EXACTITUDE est un mot que j'ay veu naistre comme un monstre, et contre quy chasqu'un s'escriait.

Des dames d'un excellent esprit se sont arrestées tout court à l'hostel de Rambouillet par l'obscurité que ce mot apportoist en leur lecture. A la cour on ne le peut souffrir, et feu monsieur Coiffeteau ne l'employa jamais.

VAUGELAS.

I.

La Visite.

Je ne sais pourquoi le flot de la réaction littéraire nous fait remonter jusqu'à Louis XIV,
mais toujours est-il que la silhouette dam-
nable et soufffée de la Voisin vient de passer
presque inaperçue dans un drame éclatant
du boulevard [1], où mesdames Henriette d'An-

[1] Le drame de la *Chambre ardente*.

6*

gleterre, de Montalais, de Mouchi-d'Hocquin-
court et autres, *les pieds entortillés dans leurs
queues*, comme dit madame de Sévigné, font
feu sur nous de tous leurs diamans faux et de
toutes leurs aigrettes de *similor* (chrysocale
du temps). Pour peu que le progrès continue,
Racine et Pascal alimenteront le pastiche, Bos-
suet et le grand Arnauld danseront une *cou-
rante* en vrais comparses.

Quoi qu'il en soit, je prends acte de ce nom
de la dame Catherine Voisin, l'exhumant à
mes risques et périls, afin de lui rendre, au
moyen d'une *simple histoire*, les devoirs qui
lui sont dus. Ce n'est pas que je prétende à la
réhabiliter! Catherine Deshayes-Monvoisin,
autrement dite *la Voisin*, n'a pas de tombe à
Saint-Médard ; sa mémoire sent le roussi : ti-
rons le voile là-dessus. Ce que messieurs de la
chambre ardente ont fait à l'Arsenal est bien
fait! Il n'était pas juste que le supplice de la
Voisin n'eût pas lieu, nous y aurions perdu
deux lettres de madame de Sévigné.

En revanche, dans ce siècle d'illustrations et
de hautes intelligences, en regard de Port-
Royal et de Corneille, des Molinistes et de la
Bastille, l'influence de la sorcière Voisin ne
m'a pas semblé une des exceptions les moins
piquantes du *grand siècle*.

Le dix-septième siècle, en dédommagement
de la Brinvilliers, semblerait s'être *donné* la
Voisin. La Brinvilliers, sorte d'empoisonneuse
en *cornettes montées*, avait sa place au banc
d'œuvre de la paroisse, et ses laquais avaient
des livrées *petit-vert*, ainsi qu'il appert des
pièces judiciaires. Catherine Voisin, simple
accoucheuse, demeurait dans un taudis. Il est
vrai que son grenier devint un hôtel, et que
la magicienne, comme Médée, abaissa son
char au premier; mais toujours est-il qu'elle
partit des rangs du peuple, et que sa mort,
après tout, fut des plus *bourgeoises*. Autant le
tombereau s'illustrait de la marquise de Brinvilliers, autant la Grève était peu flattée du
bûcher de la Voisin. Tout ce qui nous en reste

comme épitaphe est la chanson du *bon* Coulanges :

> N'allons jamais chez *la Voisin*,
> Allons chez *la voisine*.

Refrain final répété depuis par tous les abbés du vaudeville, y compris ceux de M. Ancelot.

Quant au génie de cette devineresse, d'après une conversation assez longue que je confesse avoir eue l'autre jour avec mademoiselle Lenormant, il faudrait douter d'abord que la Voisin fût très-experte et qu'elle ait bien entendu ce qui s'appelle le *grand jeu;* sa partie se bornait, ajoute Mademoiselle Lenormant, aux *petits moyens*, c'est-à-dire aux poudres de succession, poisons, miroirs véridiques, apparitions, horoscopes et secrets *pour la gorge,* toutes choses que Mademoiselle Lenormant regarde comme l'ABC de la magie. Mademoiselle Lenormant, je dois vous le dire, a

pourtant chez elle un fort beau portrait de la
Voisin, gravé par Coypel (à l'eau forte). La
même demoiselle Lenormant, par suite de sa
prescience *divinatoire*, pourra, du reste, vous
entretenir plus au long de sa *devancière*, la Voisin. Je vous ai dit qu'elle professait une assez
grande indifférence pour sa mémoire ; reste à
savoir maintenant si le dix-septième siècle était
du même avis que mademoiselle Lenormant.

Marée haute et pleine lune,
Signe de grande fortune ;
Rouge aurore et ciel de feu,
Signe de mort en haut lieu.

J'ignore si l'ambiguïté de ces rimes à la
Laensberg faisaient, dans le temps, le succès de
madame Voisin ; mais, ce qu'il y a d'irrécusable, c'est que les brouettes, les lanternes et
les carrosses encombraient tous les soirs la rue
du Cœur-Volant, qui était la sienne, et que La
Fontaine était assez distrait pour visiter cette

sybille. C'était peut-être en ce temps qu'il écrivait sa *Mandragore*...

Ce qui n'est pas moins avéré, c'est que le 12
mars 1678, sur les sept heures du matin, par
un horrible temps de giboulée, où les mules
avaient grand'peine à tenir pied, vu les *miroi-
teries* du verglas, un homme en manteau long
se laissa glisser du dos d'une de ces montures,
en remerciant son compagnon qui lui en avait
cédé la croupe. Il levait le marteau de la porte
d'un vieux hôtel :

— Madame Voisin ?

Une espèce de suisse, qui avait un large bau-
drier neuf et une épée à la dragone, lui ayant
fait répéter ce nom par deux fois, au préa-
lable et sans lui demander le sien, l'introduisit
dans un cabinet à tapisserie fanée, *semée de
France* et de grands soleils jaune d'ocre, au
dessous desquels on voyait encore la devise
NEC PLURIBUS IMPAR. Ce qui prouvait assez que
leur origine provenait de quelque larcin com-
mis au préjudice du garde-meuble de la cou-

ronne. L'obscurité de son vestibule préparait
merveilleusement à son entrée.

— Celui qui posait alors le pied dans cette
salle à reflets sombres ne fit pas même attention à son décor. Il se jeta sur un fauteuil de
cuir à reliefs dorés, comme aurait fait le propriétaire de ce vieux meuble, et, prenant son
temps avec majesté, bâillant et croisant les
jambes devant le suisse ébahi, jusqu'à ce que
celui-ci reculât en entendant cette injonction :
— *Faites venir ma sœur.* La figure du suisse
éclata d'un joyeux rire :

— Monsié serait frère de matame? dit-il en
frappant son gant contre la pomme de sa
canne. Tertaf! foilà-t-il pas un frère choliment
cossu! murmura-t-il entre ses dents. Il y âvre
sans doute long-temps que matame n'âvre vu
monsié. Che vais pien me garder de dire à
matame que c'est monsié son frère ; monsié
il aura pris, che crois, cette mauvaise rope
d'afocat pour lui faire un surprise...

Au lieu de répondre, le visiteur devint
en ce moment la proie d'une quinte de toux
des plus tenaces, toussant à s'arracher le foie;
frappant du pied, maugréant et s'éloignant
d'un réchaud sur lequel il venait de se pen-
cher. La chimie l'avait pris à la gorge.... Il était
cramoisi quand une grosse femme entra dans
la chambre.

Autant qu'on peut en juger, d'après le bu-
rin de Coypel, madame Voisin avait le nez
épaté, les pommettes fort éminentes, des lèvres
de négresse et deux petits yeux comme un
chat gris. Ajoutez qu'il était à peine huit heures, et qu'éveillée comme Junie, elle arrivait
dans *l'appareil le plus simple.* La sybille avait
apposé à la hâte un toquet amaranthe sur une
perruque blonde à la Ninon, qui jurait avec
ses sourcils teints de noir. Elle avait eu seulement la précaution de mettre un gant de buffle
à sa main droite (celle des opérations cabalis-
tiques). Dans ce costume, elle avançait majes-
tueusement vers le demandeur en question,

pensant peut-être avoir affaire à quelque seigneur ou marquis moucheté de perles.

Aussi, quand, après avoir tiré les anneaux
d'une portière pour l'envisager au jour, elle le
reconnut, il n'y eut, je vous jure, aucune effusion fraternelle dans sa démarche, car elle balança ses hanches d'un air de mécontentement
visible en s'écriant :

— Quoi donc ! c'est vous que voilà, M. Des-
hayes-Georgeot ? et cependant M. Georgeot (car
c'était lui) ouvrait ses deux bras longs et maigres, comme les membranes d'un chauve-sou-
ris, pour serrer sa *bonne sœur* contre sa poitrine.

Mais la Voisin restait insensible ; la Voisin
avait bien autre chose à faire que de constater
la présence d'un *frère* dans cet homme habillé
de noir, qui tombait chez elle comme un ex-
ploit.

Elle accorda pourtant une sorte d'accolade
au frère que la Providence ou le démon lui en-
voyait. Très-évidemment dans cet homme de
robe elle reconnaissait maître Deshayes-Geor-

geot, son frère, avocat au siége seigneurial de l'abbaye de Saint-Germain-des-Prés-lez-Páris.

— Je vous crois voir venir, monsieur mon frère, c'est-à-dire que c'est encore quelque monnaie que vous venez pour me soutirer. Cette fois, du moins, vous ne vous êtes pas contenté d'écrire, et vous voilà venir en personne. C'est bien de l'honneur pour moi.... Parlez donc!

Maître Georgeot, si ferré qu'il fût sur les exordes, n'en put d'abord trouver aucun. Seulement, convaincu, d'après le précepte démosthénien, que le geste est beaucoup dans le succès de l'orateur, il prit stoïquement de sa main le pan de sa robe et en étala les cicatrices devant la sybile.

—N'avez-vous point honte?.. reprit celle-ci, et, à voir votre accoutrement, ne dirait-on pas, M. Georgeot, que vous jouez à la bassette et au lansquenet, au lieu de mettre ordre aux archives de Saint-Germain? En vérité, mon frère, cela devient non pardonnable! Je vous ai

fait bailler tout récemment sept aunes de soie,
et, à moins que mademoiselle Deshayes-Geor-
geot, ma très-honorée belle-sœur, ne l'emploie à se faire monter des robes à plis
pour aller voir passer les noces de mademoiselle de Louvois...

— Hélas, ma très-bonne sœur, je ne vous
saurais dire à quoi rêve à cette heure mademoiselle Georgeot, et n'en prends nul souci;
mais mon existence est bien affreuse : *iniqua
paupertas!* comme dit l'avocat des Rostres. Fi-
gurez-vous que mes souliers prennent l'eau de
partout!... L'abbaye de Saint-Germain-des-
Prés me rémunère si peu des sacrifices que je
lui ai faits! Cet hiver j'ai quitté le palais,
comme bien savez, avec l'estime de mes confrères, et une pension de cent écus, renon-
çant à tout; à l'encontre des remontrances et
prières de M. l'enquesteur-général, à la table
de marbre, mon protecteur et bon ami, lequel
me trouvait fort *divertissant* à l'audience.....
c'est la parole dont il usait. Vous ignorez

peut-être bien que j'avais en outre un motif
préjudiciel et personnel : imaginez donc que la
seule cause que j'aie gagnée dans ma vie me
vaut encore, à cette heure-ci, des persécutions
et palpitations d'effroi!... Un certain marquis,
contre lequel je plaidais et contre lequel
aussi le premier tribunal a rendu jugement,
a trouvé agréable de m'écrire à ce sujet, pour
me prévenir charitablement que si le Ciel m'offrait à lui quelque jour, il me couperait les
oreilles. Soyez donc rhétoricial et disert après
cela! Ce maudit homme affirme que j'ai dé-
tourné du greffe certaines pièces, desquelles
il espérait tout le triomphe de sa cause : c'est
pure calomnie. J'ai bien encore sur moi, dans
mon porte-feuille, deux ou trois lettres du gentilhomme en question, que je garde sans trop
de motifs... Mais c'est pour la curiosité de l'écriture d'un grand seigneur, et voilà tout. Ces gens
de qualité ont une orthographe si drôle! Force
m'a donc été de me soustraire aux poursuites
de cet enragé de marquis. Je me suis voué à

MM. les Bénédictins. Eh bien, maintenant,
me voici plus rapé, plus mal reguètré qu'un
plaideur de Caudebec; les yeux enfoncés, et
la souquenille en morceaux, à tel point que
les savans religieux proposaient l'autre jour à
leur abbé de me faire monter sur le grand
pommier du jardin afin de servir d'épouvan-
tail aux moineaux qui rapinent les fruits :
deprædatores, ainsi que dit encore Cicéron,
lequel n'entend parler des avocats...

Pendant ce long préambule d'afflictions,
la Voisin bâillait en distribuant quelques da-
rioles à son singe....

— Ce que vous avez compris, reprit alors
M. Deshayes avec beaucoup de finesse, c'est que
ma femme, chère sœur, me ruine et nous
abîme en de folles dépenses, achetant chaque
semaine des robes de bourre de soie gaufrée,
des fanfreluches et des onguens pour la peau,
sans compter tout ce qu'elle absorbe de livres
à la mode, disant à cela qu'elle voudrait coucher avec le grand Alcamène, avec Cyrus, Ben-

serade et autres; ce qui, après tout, fait naître dans son esprit mille comparaisons désordonnées et désavantageuses pour moi..... On va jusqu'à dire, dans notre rue du Colombier, qu'à force de lire des princes, elle aurait trouvé, l'autre semaine, un gentilhomme des plus muguets et des mieux emperruqués; enfin l'on dit qu'ils sont en commerce, et c'est pour en devenir fou, ou pour se faire bénédictin, si l'on n'était...

— Quoi donc?... procureur?

— Eh non, ma sœur, si l'on n'était marié; c'est encore pis!

— Mais votre charge, mon frère? Par votre charge à l'abbaye vous faites affaire avec des saints bien pourvus et bien vivans.....

— C'est cela, parce qu'ils m'inviteront pour dîner en maigre de temps à autre, et que je parlerai latin avec eux, je devrais être aussi arrondi que leur *tréfoncier* peut-être? Mais songez donc qu'il n'y a pas un petit procès, ma bonne sœur, pas une petite contestation!... Ne

me parlez pas de la paix du cloître, grand Dieu!
la paix du cloître, c'est la mort de l'avocat! Ces
gens-là sont tranquilles à m'en donner les fiè-
vres! N'avaient-ils pas l'autre jour encore le plus
magnifique sujet de procédure dans le vol de
leurs fruits? Des poires superbes, sur des espaliers greffés de la main d'un roi!... Car ce n'est
pas moins que le roi Casimir qui les attire! le roi
Casimir, c'est-à-dire l'ancien monarque de Pologne, grand duc de Lithuanie, Samogitie... que
vous dirais-je? On s'y perdrait dans la titula-
ture obligée pour les actes de ce prince-abbé!

Vous devez savoir qu'il s'est retiré chez
eux et s'est fait moine de cœur et d'esprit. Le
voilà leur abbé commandataire, *solutus omni
fœnore,* je cite Horace. Concevez-vous après
cela qu'on ose lui voler ses poires et son rai-
sin? Et dire que ce sont des oiseaux! Je soup-
çonne plutôt quelque voisin désireux des
poires royales... Je ne demandais que ce pro-
cès-là pour me faire connaître au siége de l'abbaye! Eh bien, pas du tout: le procès s'est

7

envolé comme les oiseaux ! (Madame Voisin s'endormait.)

Vous, du moins, bonne sœur, s'écria l'imperturbable M. Georgeot, précipitant ainsi sa péroraison et rompant les chiens par une manœuvre adroite ; or sus, ma bonne sœur, dit-il en voulant sourire à la Voisin, je vois que le sort vous traite bien mieux. Si je n'ai pas chez moi des courtines de Flandre et des meubles de damas, je vois que vous avez, Dieu merci, un bon hôtel, un carrosse, et, de plus, une manière de suisse. Vertudieu ! ce que c'est que d'avoir une sœur devineresse ! Nous savons que vous en faites voir de belles à ces beaux messieurs de la cour, messieurs de Villeroy, de Luxembourg et autres ! Mademoiselle Georgeot rit toujours en parlant de vos secrets à l'usage des dames. D'autres disent que vous étudiez la métallurgie et les poisons. Les poisons, bon Dieu ! mais à quoi cela vous menerait-il ? D'abord vous n'hériteriez pas de moi.....

Un petit nègre dont M. Georgeot n'avait pas même entendu le pas sur le vieux tapis de la Savonnerie, qui recouvrait le plancher de la salle, un petit nègre remit alors à madame Voisin une large lettre dont la main de la devineresse brisa le cachet; mais, pour la première fois de sa vie, la Voisin semblait contrainte et irrésolue.....

—Maîtresse, le porteur du billet est en bas et il attend votre réponse. C'est un piqueux qui arrive de Marly.

—Fils d'Agar, n'introduisez qui que ce soit dans mon élo-hélim; qu'on attende et laissez-nous!

Ne voulant pas, même en présence de son frère, déroger à ses procédés magiques, la Voisin s'assit devant une table d'ébène incrustée d'argent, les yeux fixés sur un manuscrit triangulaire qui reposait sur un coussin de brocard de Smyrne, et dont elle n'osait retourner les feuilles de vélin qu'avec une spatule de composition métallique. Son visage était immo-

7*

bile, elle regardait tour à tour le livre et la
lettre en question. Très-sûrement l'abbaye de
Saint-Germain, les pêches du roi Casimir, et
la misère de M. Georgeot étaient bien loin de
sa pensée. Pour un œil plus subtil que celui
de l'avocat, la devineresse était à la gêne, et
cette lettre l'intriguait visiblement.

—*Papiers perdus; conjuration; cent pistoles!*
Ces monosyllabes hâtés fendaient le coin de
sa bouche plutôt qu'elle ne les prononçait
devant son livre. Son bandeau de faux cheveux était baigné de sueur. Durant ce temps,
M. Georgeot se répétait à lui-même le quatrième livre de Virgile ; la sybille et le *bac-
chatur in antro.*

Il crut un instant que sa sœur allait se trouver mal.....

La devineresse le repoussa du regard et du
geste..... Elle écrivit quelques lignes en toute
hâte, ensuite elle siffla son nègre et fit remettre sa réponse au piqueux de Marly.

Celui-ci, au bout de quelques instans, ne

tarda pas à revenir avec un sac d'espèces qu'il posa diligemment au pied d'une *mandrugove* accrochée au mur, et que l'avocat Georgeot avait prise innocemment pour une petite figure en ceps de vigne, informe et difforme.

— Oui dà, ma sœur, voilà comme on fait des affaires, dit maître Georgeot, et vous n'êtes pas longue à contenter vos pratiques. Combien avez-vous dans la sacoche?

— Cent pistoles pour moi, mon frère; en outre, cent autres pour vous, sans compter ce qui vous reviendra ce soir, dit-elle à voix basse, si vous voulez remplir une sorte d'emploi que je vous vais assigner.

— Quel emploi, ma sœur? dit l'avocat alléché. Serait-ce une défensive, une production, une enquête?

--Écoutez, mon frère. Vous avez cinquante-deux ans. Il ne faut pas être sorcière pour voir que vous n'avez pas grand esprit, et que vous feriez difficilement un rôle de Cicéron...

— Merci, continuez.

— Avec vous donc, qui vous *laireriez* piper comme tant d'autres, je veux bien mettre de côté la nécromancie, le rabdomancie, la cabale et l'astrologie judiciaire; il me faut un assistant, et j'aime autant que ce soit vous.

— Vous aider! mais qu'entendez-vous par-là, ma sœur? est-ce à dire que je m'en vais pratiquer comme vous des sortiléges et des évocations *ab inferiore?* grand merci, ma chère sœur, je n'ai pas la moindre vocation pour le bûcher... D'ailleurs, un homme d'église, un avocat d'abbaye royale!...

— Il me semblait, monsieur mon frère, que vous m'aviez discouru d'argent à gagner, mais si celui-ci ne vous revient pas et ne vous chaut point, prenez que je ne vous ai rien dit. Voici un sac que je m'en vas envoyer tout à l'heure à la veuve Jacob, la revendeuse, ajouta sèchement madame Voisin. Quant aux cent pistoles et au pot-de-vin de ce soir...

— Mais disposez toujours de moi, chère sœur, et je suis votre valet, par Dieu! com-

ment dites-vous donc? cent pistoles! un pot-
de-vin! mais qui donc vous promet ceci?

— La lettre que je tiens en main; lettre non
signée, il est vrai, mais qui ne peut être que
d'un seigneur très-bien en cour, puisque son
piqueur arrive de Marly... La *personne* en question me demande de faire une *conjuration* pour
des *papiers perdus*. Ce ne peut être que des
lettres d'amour, et des lettres de dame, sans
doute. La Vigoureux et M. Le Sage n'étant
point ici, je ne saurais prétendre à nul rensei-
gnement... La *personne* m'annonce encore devoir arriver ce soir avec une dame, et repartir
dans la nuit même pour s'en retourner à Versailles. Je veux bien vous avouer que ce qu'il
me demande me paraît difficile. Retrouver des
papiers dont je ne sais pas même le contenu!
Le diable seul pourrait m'en tirer, par ma foi!
Le diable, voyez-vous, c'est dans notre état le
secret du jeu; il souffle à lui seul toutes les
chandelles. Si je n'effraie pas ce soir le seigneur et la dame, à l'aide de la magie noire, et

si je ne prends ainsi du temps, je suis une pauvre femme abîmée !

— Mais si le hasard allait faire que ce soit deux esprits forts ?

— Esprits forts ou non, mon frère, je vous dis qu'ils auront grand'peur. Des plus vaillans de la cour encore ont échoué devant mes rubriques.

— Mais cet emploi dont vous parlez ?

— L'emploi, mon frère ? il n'est autre que ce lui du... c'est une bonne place que je vous tiens en réserve, et voici comme. Nous manquons de diable en ce moment-ci, et comme c'est un personnage indispensable, un article de fond, voyez-vous, je vous engage et vous arrête, et vous comprenez qu'avec vous, qui êtes mon frère et mon ami vrai, je ne regarde point au coût des émolumens. Demeurez donc avec moi, et dès aujourd'hui. Mieux je vous regarde, et plus je suis assurée que ce soir, étant bien équipé en diable...

— En diable, reprit maître Georgeot en re-

culant sa chaise, mais y pensez-vous bien,
ma sœur? En diable, en diable ! un avocat
d'abbaye !

— Ce n'est peut-être pas trop changer de
peau.

— Et que diraient mes confrères?...

— Vos confrères! ne le tirent-ils point par
la queue? Allons, décidez-vous, il nous faut
ce soir un diable incarné !

— Et vous pensez que je puis faire votre affaire?

— Je vous prédis que vous serez merveilleusement effroyable !

— Mais c'est une énormité, ma sœur!

— Voici le sac d'argent que je donne à vous.
Le pot-de-vin le suivra.

— En diable! répétait maître Georgeot.

— Et bien oui, dit-elle, endiablée d'impatience, cela n'est-il pas bien difficile, avec une
queue et des cornes?.... Dépêchez-vous, au
moins, car il ne vous reste que le temps d'a-
juster votre habit d'enfer.

— J'imagine, madame ma sœur, que vous avez cet équipement chez vous, et quand je serai prêt, vous m'apprendrez sûrement ce qu'il faudra faire!

— Entrez par ici, cela ne sera pas long.

— Allons, répéta maître Georgeot, c'est uniquement à dessein de vous faire service et vous obliger par amitié fraternelle; mais si le sort voulait qu'il s'ensuivît malheur à quelqu'un, vous sentez bien sur la tête de qui cela devra tomber, madame Voisin?...

II.

L'Apparition.

Assurément, pour que le marquis de Gordes jurât et blasphémât comme il le faisait dans les corridors ténébreux de cet hôtel, il faut supposer qu'on ne l'avait introduit que par la porte bâtarde, celle qui conduisait par cent *zig-zag* au laboratoire de Catherine Georgeot Deshayes, femme Voisin. L'épée du marquis accrochait en chemin les plus indéfinissables figures, des *massacres* de bouc et des ailes de chauves-souris, des licornes et des crocodiles empaillés, des bassins remplis de liqueurs étranges, et des fioles!..... ah! les fioles immondes!... un mobilier de sorcière enfin, mobilier assez semblable au *personnel* en désordre de nos coulisses modernes.

La devineresse occupait deux corps de logis séparés, l'un pour les consultations ordinaires, jeux de cartes, horoscopes et secrets, proprement dits; l'autre pour la magie dans toute l'acception de ce mot infernal. Le premier en conséquence, était magnifiquement paré de vieux oripeaux; et l'autre recélait tous les accessoires indispensables pour un théâtre, tels que transparens, décors, trappes et machines, sans qu'on pût soupçonner toutefois le moindre artifice dans le jeu de ces rouages. L'astuce infernale de la Voisin avait placé son antichambre entre ces deux corps de logis, formant la double branche de son commerce, et la mince épaisseur des tapisseries étouffant à peine la voix des visiteurs, favorisait souvent dès l'entrée les pronostics de la sorcière.

La seule nomenclature des ruses de cette femme si renommée, si courue au siècle de Louis XIV, n'a rien pourtant qui doive surprendre, et le grand art des deux Albert n'en aurait pris aucun orgueil, sans une particularité digne de remarque. Pour la plupart, les complices de la Voisin devenaient ses compères ou ses commères à leur insu, et c'étaient les gens les plus considérables de la cour de France. C'était, par exemple, la comtesse de Soissons, princesse du sang royal de Savoie; c'étaient la marquise de Polignac, la maréchale de la Ferté, la comtesse du Roure et tant d'autres; et de là seulement pouvaient provenir à la fois la certitude et l'audace de la Voisin. Il est présumable que ces dames, un peu moins discrètes chez la Voisin qu'au cercle du roi, la mettaient au fait de mille incidens sérieux ou coquets, badins ou politiques, et

c'étaient ces renseignemens si bien fournis
qui devenaient la base des appréciations et
horoscopes de la sybille à la mode. Il faut du
moins s'arrêter à cette idée, en voyant la pauvreté de sa mise en scène, constatée par quelques écrits du temps. Ainsi, pour des pistolets
perdus qu'elle se chargeait de retrouver, avait
lieu la scène suivante. La jongleuse se faisait
.désigner en détail les armes perdues, et disait
ensuite au propriétaire de revenir plus tard.
Durant l'intervalle et par son ordre, on peignait à la détrempe une paire de pistolets sur
un transparent lequel devait se dérouler au
plancher, et lorsque l'homme arrivait, elle lui
montrait un bassin rempli d'eau. Le chaland
n'y voyait d'abord que de l'eau claire; mais, à
un signe convenu, le parchemin d'en haut se
déroulait, et les pistolets se reflétaient dans le
vase magique. Le provincial voulait-il les
prendre, le transparent et l'image avaient déjà
fui. Ainsi gagnait-elle à la fois du temps, des
dupes et des pistoles.

Il y avait pourtant chez elle des cheminées
fort étranges et moins récréatives que celles
de M. de la Popelinière. Il s'y faisait d'abord,
au moment de l'apparition , un effroyable vacarme, et puis voilà qu'il en tombait un bras,
une jambe , un pied, une tête enfin ,(tous ces
débris humains couverts de jus de mûres), et
à un coup de tonnerre fort distinct, ce corps
en lambeaux ensanglantés se reformait en rapprochant chacune de ses parties de manière à
former un tout bien complet, et à marcher
tout droit sur la personne qui faisait la consultation. Un des profonds désespoirs du fameux mécanicien Vaucanson a toujours été
celui de n'avoir pas pu voir une de ces opérations singulières !

L'assurance de cette femme était aussi mon-
strueuse que le programme de ces sortes de
spectacles. Représentez-vous une laide sorcière , enveloppée d'une grande mante brune,
gesticulant et parlant avec la rapidité d'une
horloge à sonnerie; maniant le feu, l'or, le

souffre, comme une fille de Vulcain, comme
un cyclope, et portant sur sa robe noire
ABELENACUS tailladé en croissans de toutes
sortes de couleurs. Telle était la toilette de Madame Catherine Voisin, quand la tapisserie de
son anti-chambre s'agita.

En même temps, le petit nègre l'avertit que
M. le marquis et une dame venaient d'entrer.

Le marquis était un homme de vingt-cinq
à trente ans; il avait l'air taciturne et réfléchi, peut-être pour la première fois de sa vie,
d'autant que le singulier désordre de sa toilette annonçait un jeune seigneur *évaporé*, et
que les basques de son juste-au-corps à com-
partimens, velouté noir sur un fond couleur
de paille, avaient encore des traces honorables
de lie de vin. Cette consultation future l'en-
nuyait horriblement.

La petite femme à laquelle il donnait le bras
semblait, en revanche, la personne la plus
réjouie du monde, malgré certain air de précaution et de pesanteur imprimé à sa dé-

marche; car, il faut bien le dire, le satin olive le plus amincissant ne pouvait cacher l'arrondissement de sa taille, et l'enflure de son corsage pouvait bien être en ce moment le sujet de quelques malins contes à Versailles...

Après avoir rajusté de sa main blanche les plis de sa robe, encore *froissée des inclémences de la chaise,* comme aurait dit Mascarille, elle éleva, par un mouvement onduleux, le bout de son épaule au niveau des lèvres du gentilhomme, lui apportant ainsi elle-même un baiser qui équivalait aux mots: *grand merci.*

Et en effet, puisqu'elle avait fait céder à son désir les objections raisonnables du marquis, contre l'imprudence d'une pareille visite à cette heure, *et dans son état,* c'était le moins qu'elle récompensât l'amant de la protection que cette démarche exigeait. En premier lieu donc elle lui demanda s'il avait fait aiguiser la pointe de son épée?...

Le marquis objecta judicieusement que,

8

contre des *esprits*, une épée n'était pas chose utile.

— D'ailleurs, reprit-il, j'ai pris de bonnes précautions.

— Mais, dit la jeune femme, c'est que s'ils venaient à nous vouloir griffer? J'aurais eu bien raison de me vouloir mettre en simple cornette au lieu de ma coiffure hurluberluchée à rubans gris?... mais vous n'avez pas voulu.

— Vous seriez folle de trembler, ma toute-belle; en tout cas, je vous réponds que les esprits ne pourront guère s'attaquer à mon argent. J'ai soupé ce soir, moi quarantième, chez le chevalier d'Ars, où il y avait grande chère, et des hommes de l'Opéra, jouant du violon comme Baptiste... ne voilà-t-il pas que j'y ai perdu cent louis...

— Cent louis, mais c'est énorme! et pendant ce temps, Monsieur, j'étais à lire le chapitre où le roi d'Assyrie reçoit Mandane. Cela m'a fait penser que, demain jeudi, mon mari

veut dîner chez moi. Il y a bien trois mois
que cela n'est pas arrivé... et je ne sais véritablement comment faire pour tenir l'ennemi
dehors.

— Fiez-vous à moi, ma toute mignonne. Si
je puis rattraper ce que je cherche, nous fe-
rons joyeuse vie ! Outre les cent louis qu'il me
faut rembourser demain, je vous ai acheté
cent choses des plus charmantes et des plus
neuves... mais il me faut de l'argent. J'avais
pensé d'abord, et tout naturellement, à votre
mari; mais, outre que je ne l'ai jamais vu, je
ne suppose pas qu'il fût... J'ai donc pensé à
cette chère madame Voisin. Sa science, en
cette occasion, peut m'être utile. J'ai dans ce
moment un procès en appel, au conseil des
parties, et pour lequel il me faudrait retrouver certains titres... Si j'ai ce bonheur-là, je
vous emmène, et vous ferez vos couches à
Marly...

Ici la phrase du marquis fut interrompue pa
l'arrivée subite d'un laquais avec un flambeau.

8*

Laquais de costume pour une sorcière, car il ressemblait, par sa livrée qui était toute noire, à ces fonctionnaires *lugubres* qui sont l'effroi de M. de Pourceaugnac. L'obscurité succéda rapidement au candélabre de ce Frontin ; le marquis et la petite dame sentirent une forte odeur de soufre...

La chambre où ils venaient d'entrer s'illumina soudain de la manière la plus étrange et la plus disparate; de-ci, de-là, comme par taches lumineuses sur la tenture, pendant qu'il passait devant leurs yeux des figures de *femmes* et des *caprices*, qui n'avaient, à bien prendre, aucune chose de très-effrayant. Du reste, nulle apparence de devineresse ou d'évocatrice dans cette chambre, dont les éclairs sillonnaient l'obscurité. Avant que le marquis pût s'en apercevoir le moins du monde, son ceinturon était débouclé, et on l'avait débarrassé de son épée.

Une petite figure tenant une bourse ouverte parut alors en guise de prologue. Cela pouvait ressembler à un diablotin ou à un zéphir.

Le marquis comprit à merveille, et avança le bras pour lui jeter quelque monnaie.

— Donnez pour LUI, reprit une autre voix; IL ne prendrait pas de votre main.

Cependant, un billet venait de tomber aux pieds du marquis, en même temps que la figure avait fui. Il était conçu ainsi :

« *Madian, qui est le diable en personne, peut seul te faire retrouver ce que tu demandes. Si tu as le courage de tenter l'épreuve, dis-le-moi...*

— Et palsambleu! ma chère madame Voisin, je suis on ne peut plus disposé à cet essai. Faites-moi venir le diable!

— Vous comprenez, reprit la même voix, qu'il ne saurait venir pour rien.

— C'est-à-dire que c'est encore quatre pistoles; prenez, mais ce sont mes dernières.

— Vous ne craignez donc pas de voir le diable?

— Assurément non, s'il peut me faire retrouver mes papiers perdus. Votre conjuration et toutes vos bougies triangulaires ne peuvent rien sur mon courage.

— Tenez-vous bien, reprit alors la devineresse (qui se fit visible au moyen d'un grand éclair), vous allez voir un des plus affreux diables de l'autre monde.

— Cela me regarde!

La Voisin traça alors un grand cercle sur le mur.

« Assuméhir! Assuméhiron, Pholl, Phall, Pharascall, Assuméhiron, Assuhémir! »

— Voyez donc quelle sorte de langue, dit la dame au marquis d'une voix troublée.

— Maintenant touchez ce mur, reprit la devineresse ; vous paraît-il bon, dur et bien construit?

— C'est un mur, dit le marquis, et je n'y vois rien de plus.

— Eh bien! retirez-vous maintenant à trois pas, Nazaréens et impies ; car c'est de là que le diable va sortir. *Poly Satanas!* (Un bruit de fers.) Allons, Madian! Madian! par le pouvoir que j'ai sur vous, sortez, paraissez, Madian chéri, mon bel ange! Madian réprouvé, Madian déchu, montrez-vous!

On entendit un craquement abominable dans le mur, on vit un nuage de souffre, et puis maître Georgeot parut en diable.

L'odeur du spectacle agaça les nerfs de la petite dame qui se mit à tousser pitoyablement.

Maître Georgeot, attentif au coup de baguette, fit une gambade.

— Parle ou je te tue! s'écria résolument le jeune marquis.

— Qu'allez-vous donc faire au démon? s'exclama la Voisin. Vous êtes perdu!...

—Laissez donc, je me connais en diablerie. Parle, te dis-je.

Le marquis, faute d'épée, tirait de sa poche le canon d'un pistolet.

— Imprudent! vous allez nous faire périr, reprit la sorcière...

Des éclairs et des gerbes de feu rougeâtre
sortirent de la trappe.

— Allons, je brave l'enfer! dit le marquis
au milieu de la fumée. Madian, dis-moi comment tu t'appelles ?...

— Quartier, quartier, M. le marquis! cria
le démon lui-même, dont le masque ou le capuchon était tombé; je vous demande quartier; je suis un bon diable!

— Dieu me pardonne! je connais la voix et
le visage de celui-ci! Mais, je ne me trompe
pas! c'est mon coquin de procureur-fiscal!...
C'est donc toi, faquin de larron, qui gardes en
poche une quittance de ma partie adverse.....
Oh! va, va, procureur du diable, je ne te lâ-
cherai point!... Le marquis le secoua rudement
et le gourma pendant plusieurs minutes.

— Ne me battez point, M. le marquis, ne
me battez donc point; je vous dirai toute
chose. Eh bien! oui, monseigneur le marquis,
je suis Georgeot, Georgeot Deshayes. J'ai retenu frauduleusement vos pièces. J'étais loin

de prévoir que nous dussions nous rencontrer.
Mais puisque vous y tenez absolument, j'ai là
votre quittance en portefeuille, et je vous la
vais restituer à l'instant même...

— Miracle! dit tout haut madame Voisin
sans se déconcerter, miracle! je vous l'avais
bien dit que vos papiers se retrouveraient, M. le
marquis !

— Quant à vous, monsieur mon frère, continua la devineresse, et d'un ton beaucoup plus
bas, vous me paierez ceci... Après une scène
pareille dans ma maison... si vous comptez
encore sur l'argent promis!...

— Je vois bien, madame ma sœur, que j'en
porterai le reçu sur mes épaules, et voilà tout.
Je vous remercie de votre manière de m'employer à votre service, et si l'on m'y reprend,
que l'on m'étrille... en diable!

— Des sels, du vinaigre! des sels! ma chère
madame Voisin! cria en ce moment le marquis, la jeune dame se meurt! Eh vite, vite,
desserrez-la! Pauvre petite femme! Otez-lui

donc sa bouffante! De l'eau! évanouie! Ah! si vous saviez, madame Voisin!

— Mais c'est mademoiselle Georgeot! reprit l'avocat qui pensait rêver. Ma femme ici! et avec vous, Monsieur !

— Eh bien! oui, mon cher, avec moi. Ah! ça, d'où venez-vous donc? Vous qui faites le diable, vous ne savez pas cela? A corsaire, corsaire et demi... Elle ouvre les yeux... Vous m'aviez pris mes papiers, et je me suis adjugé votre femme..... Mais, par exemple, vous n'avez pas honte de vous présenter devant elle en pareil attirail! avec un habit semblable: une queue! des cornes! Vous êtes un impoli, maître Georgeot, et pour moins de rien je recommencerais à vous gourmer en l'honneur des belles!...

— Revient-elle, au moins, ajouta le marquis en lui frappant dans les mains.

— Emmenez-la vite, interrompit madame Voisin; vous n'avez que le temps de sortir, on monte ici.

— Vous allez emmener ma femme ? interrompit maître Georgeot en s'apitoyant.

—C'est avec tout le respect possible ! fiez-vous à moi, j'ai trois porteurs et une chaise de Farot [1]. (Aux laquais.) Prenez bien garde. (A Georgeot.) Sans rancune, maître Deshayes; je veillerai à ce que le trajet soit prompt et sûr.

Grand merci, ma chère madame Voisin; en attendant mieux, prenez ce jonc de diamans.

---

[1] Premier ouvrier de ce temps pour les carrosses.

III.

— GRANDE nouvelle, Maîtresse, cria à travers la serrure la voix du petit nègre, pendant qu'un bruit sourd ébranlait le corridor.

— Qu'y a-t-il donc?

— La police, Maîtresse, la police, qui fait une descente chez vous! Ils sont là avec M. de la Reynie, et vont entrer dans la chambre verte...

— La chambre où est ma robe d'avocat,
soupira Georgeot; et moi qu'on attend à l'Abbaye!

— Sautez vite, mon frère, sautez là... par
cette fenêtre.

— Dans cet équipage de diable ?...

— Ils vont venir; n'avez-vous pas entendu?

Et la Voisin, venant au secours de son courage, lui donna, sur le rebord de la fenêtre,
un bon coup de poing, qui le fit tomber dehors un peu plus tôt qu'il n'aurait voulu.

Ce fut ainsi qu'il sauta.

IV.

L'Abbaye de Saint-Germain-des-Prés.

Le malheur voulut que la plante de ses pieds, couleur de feu, tombât tout à plein sur les épaules d'un sergent du guet, lequel était à placer une vedette dans l'intérieur de la cour. Le poids et la chute de cet inconnu ne causèrent pas moins de surprise au sergent que la singularité de son costume; bien qu'il ne crût pas les démons si lourds, il en fit son rapport, et déclara devant M. de la Reynie que Satan l'avait assommé, ce qui lui mérita sans doute une récompense distinguée.

Quant à la vedette, elle courut sus au procureur demi-mort, en donnant le branle à tous les pots de fleurs de la cour, avec le bout de sa pertuisane, et c'était à faire croire à l'avocat que chaque barreau de la grille se détachait et s'animait pour le poursuivre.

L'aube blanchissait pourtant, que maître Georgeot harassé marchait encore. C'était par une tiède matinée de mars, et l'ex-procureur-fiscal levait sa mentonnière de peau de mouton noire, afin de respirer, quand le premier rayon de soleil parut... Il trouva d'abord son accoutrement désastreux : le maillot en était rapiéceté, les cornes branlantes, le poil dégarni ; la queue seule, grâce à son fil élastique, conservait une apparence de docilité; quant à la cagoule ambrée de souffre, elle était nauséabonde au possible.

Les pierres blanches et les briques rouges
de l'abbatial de Saint-Germain-des-Prés venaient enfin d'apparaître aux yeux de maître
Georgeot.

Ce cloître, devenu depuis un dépôt d'habillement pour la république française, outre de
fort belles caves qu'il possède encore, et dont
les pilastres font l'admiration des artistes,
avait, grâce à ses grappes de lierre et au parfum de son clos, un air de suavité monacale
et pacifique, bien effacé maintenant, faut-il
dire, par les moellons d'ateliers et les cages de
peintre qui encombrent sa rue. On y voyait
d'abord ramper jusqu'à la grille le velours des
mousses et les ceps de vigne du jardin ; puis
les panaches blancs des pommiers, les guirlandes de pois de senteur, et le gazouillement
joyeux des petits jets d'eau complétaient cet
harmonieux aspect de l'abbaye. Il se faisait,
dans cette insigne abbaye des Bénédictins
(l'ordre le plus ancien, le plus riche, le plus
docte et le plus laborieux de toutes les con-

grégations monastiques), il se faisait d'aussi bonnes conserves de coing, que de savans commentaires et de doctes *restitutions* sur le grec et l'hébreu, d'après les Palempsestes et la première version du Pentateuque. Mesdames la maréchale de l'Hospital et la marquise de Maintenon faisaient sûrement grand cas des commentaires, mais elles consommaient beaucoup de cette conserve, et la première de ces dames en usait à peu près comme de son propre bien [1].

A la vue de l'édifice susdit, je ne puis vous exprimer le contentement du pauvre M. Georgeot. Maître Georgeot, encore poursuivi par l'idée de sa femme et le pistolet du marquis,

---

[1] Le roi Casimir était l'époux secret de la maréchale qui n'était autre, comme chacun sait, que Marie Mignot, fille et femme en premières noces de deux *argentiers*. On a prétendu qu'elle avait été blanchisseuse; mais, comme son père avait au moins cent mille livres de rente, il est à supposer qu'elle n'avait jamais *lavé* que ses propres mains.

N. B. Cette petite remarque n'empêche pas la comédie de MM. Duport et Bayard d'être charmante, spirituelle et d'excellent goût.

oubliait déjà ses infortunes conjugales et fra-
ternelles. Moins que tout autre, l'avocat de
l'abbaye était fait pour les embarras du monde ;
c'était un vrai procureur d'alors, un parchemin incarné avec deux griffes. La paix de ce
cloître le charmait d'autant plus, que son am-
bition cicéronienne y trouvait son compte.
Non seulement il aidait parfois le roi Casimir à
greffer ses espaliers, mais il avait l'espoir de
devenir un jour l'avocat de cet abbé-roi de Pologne ; certaines confidences du prince, au sujet de son mariage *secret*, autorisaient cet espoir de maître Georgeot...

Personne à l'abbaye ne semblait encore sur
pied. La fatigue de Georgeot était si grande,
qu'il mesura à deux fois le mur du jardin avant
de se décider à l'escalade... C'était cependant
le seul moyen de s'introduire... L'avocat voulait finir par arriver à sa chambre, située près
de celle du Père Tréfoncier, afin de s'y débarrasser de l'habit infernal de la Voisin...

Il est à savoir que, depuis quelques trois

mois, le verger de ce jardin était sujet à de ca-
lamiteux et ténébreux ravages. La petite palis-
sade que Georgeot fut contraint d'ouvrir, après
avoir franchi le mur, était, à proprement
parler, le clos de réserve affecté au roi Casimir. L'avocat n'hésita point; il fit quelques
pas, et, mourant de soif, porta la main en
passant à l'un de ces espaliers chargés de
belles et grosses pommes. Tout à coup, il se
sentit étroitement serré à la jambe par un
piége...

— Miséricorde! s'écria maître Georgeot.

— Victoire! victoire! nous le tenons! hurla
de dessous un treillis la voix d'un vieux jardinier qui se tenait à six pas, effrayé, mais ravi
de l'effet de son traquenard.

Le malheureux avocat, pensant se faire reconnaître, étendit vers le jardinier sa griffe
suppliante. Celui-ci ne lui répondit que par
un grand signe de croix.

— *Et ne nos inducas in tentationem*, ajouta
le fameux dom Cheverux qui s'avançait. Ce

9*

religieux préparait dans le jardin son discours pour une *véture* qui devait se faire sur le midi.

Cependant, le jardinier sonnait la cloche, et tous les clercs et bénédictins s'avançaient.

A ce jour, je vous l'ai dit, il devait y avoir solennité à l'église de Belle-Chasse, pour la prise d'habit de mademoiselle de Parabère, qui voulait à toute force entrer en religion dans une abbaye royale où l'abbesse aurait au moins quatre-vingts ans, à cette fin de lui pouvoir succéder plus tôt. Le roi Jean Casimir, appuyé sur sa béquille, sortait du chœur, la barbe déjà faite, et croisant les fourrures de son habit à brandebourgs couronné d'un joli petit rabat. Il interpella gravement dom Cheverux :

— Non seulement je vous autorise, mais je vous commande, mon frère, d'employer à son égard les formules de l'exorcisme...

Maître Georgeot éprouva un frisson mortel.

— J'obéis, reprit dom Cheverux, mais il

me faut aller chercher de l'eau bénite avec une étole et le rituel.

Pendant que dom Cheverux s'en allait à la sacristie chercher son étole, les assistans de cette scène extraordinaire échangeaient de malicieux regards avec le roi. Une petite personne, habillée en page, surtout, et qu'un seul homme, qui avait surpris ce secret, eût reconnue, dans ce justaucorps naracat à bouffettes blanches, pour être madame de l'Hospital elle-même, car elle ne quittait jamais les côtés de l'abbé, si chagrine qu'elle fût de ne le plus voir monarque! Maître Georgeot, devant cette compagnie curieuse, avait l'air d'un hibou contraint d'ouvrir les yeux au grand soleil. Par dessus tout, le nœud du piége torturait le malheureux, de manière à ressusciter pour lui les douleurs de la *question*. Le petit clos dans lequel il s'était jeté imprudemment, au lieu de suivre l'angle du jardin, n'étant qu'à vingt pas de l'église, dom Cheverux revint bientôt avec un renfort de monde, et, cette fois, le soleil qui éclaira le moine le fit voir dans toute la beauté de sa toilette, avec sa barbe longue et blanche, ses mains archéologiques et son beau chapelet de sardonix. Il avança, majestueux et terrible à la fois, vers l'infort uné Georgeot.

La formule de l'exorcisme eut lieu après les trois signes de croix et les trois aspersions préliminaires :

In nomine Domini et ecclesiæ suæ sanctæ, jubeo te loqui coràm serenissimá majestate polonicá.

Ce début en latin barbare était bien fait pour redoubler les inquiétudes et les angoisses de maître Georgeot; il se remua comme un écolier qui prévoit l'ennui d'une mercuriale, et, dans sa douleur qui ne connaissait plus de bornes, il se mit à saisir et serrer la main du père Tréfoncier qui se trouvait là, ce qui, dans l'esprit des assistans, lui donna de suite un rapport singulier avec les diables de Loudun.

— Ce n'est pas un vrai démon, c'est un pos-

sédé, s'écria le Tréfoncier; j'ai vu ses ongles,
il n'a pas de griffes.

— C'est le diable, affirma le jardinier.

— Recourons vite à l'eau bénite, dit à l'o-
reille du roi Casimir le malicieux page de Sa
Majesté.

Le goupillon du bénédictin aspergea ri-
chement maître Georgeot. Cette pluie sacrée
pénétra la peau du pauvre diable à tel point
que, dans un mouvement que les assistans
attribuèrent aux convulsions sataniques, sa
mentonière tomba.

— Arrêtez, murmura l'exorcisé, arrêtez,
mes Révérends Pères. Je suis votre avocat,
maître Georgeot.

— Mensonge, illusion, fascination diabo-
lique!

— Qu'on me dégage du piége, et je parlerai,
s'écria Georgeot. En même temps, à force de
se débattre, l'avocat fit céder la laine de son
capuce...

— Maître Georgeot! mais c'est lui! c'est vraiment lui, c'est notre avocat!...

— Nous direz-vous, Monsieur, par quelle scandaleuse métamorphose nous vous retrouvons ainsi : ayant des cornes sur la tête, avec un de mes fruits à la main droite? Pensiez-vous jouer le rôle du démon présentant la pomme à la première femme...

— Pardon, vénérable Père-Abbé, Roi de Pologne et Grand-Duc de Lithuanie! Pardon, mille pardons, mes Révérends frères en Saint-Benoît! je n'y reviendrai plus, comptez-y bien! je rends au diable son habit, et je vais reprendre ma robe jurisconsultative! C'était une joyeuseté de carnaval... A tout prendre, il n'y aurait pas que moi qui fusse *déguisé* céans, dit le rusé procureur, se souvenant fort à propos des confidences intimes du roi Casimir... et il jeta en même temps un coup d'œil sur le beau page de l'abbé.

— Il a sa grâce, interrompit vivement le roi Casimir; il a sa grâce. Dom Cheverux, et vous tous, mes frères, retirez-vous. Qu'on le porte à l'infirmerie, et même qu'on ait soin de lui donner, pour le reconforter, de cette bonne conserve qu'on a confectionnée tout exprès pour madame de Maintenon !...

V.

Dernier Coup.

GRACE aux conserves, au beau temps et à la volonté expresse du roi Casimir, l'avocat Georgeot, remis de ses fractures, galoppait à dos de mulet, un mois après, sur une grande route, côte à côte avec sa majesté bénédictine, qui venait de visiter son autre abbaye de Saint-Martin de Nevers. Plus les relais voisins de la

capitale disposaient le bon prince à la bonne
humeur, plus l'embarras de Georgeot devenait
visible. Il froissait timidement dans son gant
une lettre timbrée de *France* qu'il venait de
recevoir. De cette lettre naissait évidemment
le silence inquiet et la contenance gênée de l'a-
vocat. Le carrosse de madame de l'Hospital
suivait les deux mules, et maître Georgeot n'a-
vait que cet instant pour demander une grâce
au roi.

— Majesté rectissime, dit-il, en voyant Casimir mettre sa monture au pas.....

— Majesté rectissime, maître Georgeot! je
ne savais pas vous trouver si bien appris sur
l'ancien protocole des Jagellons?... ne voulez-
vous point me demander quelque chose?...

— Eh bien, Révérence royale, ou, si vous
l'aimez mieux, Majestueuse Abbatialité, vous
l'avez dit; j'apprends à cette heure, par un
courrier, que ma femme est accouchée; refu-
serez-vous d'être le parrain de mon pre-
mier-né?

— D'autant moins que je veux en être marraine, reprit la maréchale, qui avait tiré son rideau de portière, et qui se pâmait d'aise aux salutations de maître Georgeot, lesquelles compromettaient son équilibre sur la selle...

Pour son débotté, l'avocat courut donc chez sa digne épouse, mademoiselle Georgeot, laquelle était dans son lit à baldaquin, les joues roses comme le front de la pudeur, la pélerine blanchette, des draps gauffrés en damier, la courte-pointe semée d'amours de Flandre. Une sage-femme, aussi musculeuse qu'un soldat des gardes suisses, donnait le branle à la barcelonnette du nouveau-né.

—De par Dieu, je ne me trompe point, s'écria maître Georgeot, et vous voilà redevenue sage-femme, madame Voisin !

— Ce fut mon premier commerce, mon frère. Il faut faire un peu de tout : et puis, le petit gars est si beau poupon !

— Un enfant blond, avec des yeux bleus ! mais c'est un amour, mademoiselle Georgeot.

Holà, hé! quand madame de l'Hospital va le voir!... dit Georgeot émerveillé. Ah ça, ma mie, mais que porte-t-il donc autour de son col? reprit-il après un moment d'hésitation. Un collier d'émail, avec les armes du marquis de Gordes! le même blason que ce damné marquis appliquait sur ses procédures! En voilà de belles, et voici qui ne peut s'endurer, par ma foi!

— Que dites-vous là, mon frère? Si le roi Casimir et madame de l'Hospital vous entendaient!

— Peu m'importe! reprit Georgeot, brisant de rage son fouet de poste, en entrechoquant ses bottes à chaudron. M'expliquerez-vous point ceci, madame Voisin?

— Voulez-vous donc savoir tout, monsieur mon frère? Eh bien, je vous dirai que ce poupon-ci n'est point de votre fait. Celui qu'a génisé votre pauvre femme était au monde arrivé, par conséquence de sa frayeur à la vue de votre apparition, avec une queue et des cornes,

d'où vient que nous l'avons mis à l'hôpital de
l'Enfant-Jésus, où vous le trouverez enregistré
sous le nom du Pauvre Diable ; allez-y voir,
et laissez-nous tranquillement couper le sifflet
à celui-ci.

Le Contrat

ou

LA MARQUISE DE FLORY.

(1750.)

Bien que la courtisane Aspasie eût des airs de tête un peu fiers, cette illustre fille avait néanmoins des manières à se faire aimer.

LA CALPRENÈDE.

L'hymen n'est pas toujours entouré de flambeaux.

RACINE.

LE CONTRAT

ou

La Marquise de Flory [1].

Permettez-moi d'en prendre congé comme vous, de ce siècle de bergeries, de porcelaine

Quelques libelles de l'époque s'étant emparés de cette anecdote pour en altérer les détails, nous sommes heureux d'annoncer que la correspondance du marquis de Firm..... a servi de rectification directe à ces mensonges in-18 ou in-12 datés d'Amsterdam ou de La Haye. Le châtiment tragique et imprévu de cette vanité de femme est un fait que ces lettres seules prouveraient.

— *Note de l'Auteur.* —

10

et de paniers; il y a vraiment assez long-temps
que les parfumeurs et les mémoires vendent
des mouches, assez long-temps que Crébillon
fils fait de la détrempe et des couplets. Grâce
à ce revirement d'époque, les marchands de
curiosités sont devenus éligibles, je le sais;
les costumiers sont en passe d'être députés.

Mais en regard de cela nous avons certains
esprits qui ne veulent rien concéder et qui
nient le progrès : esprits moroses qui nous
accusent de mal revernir les trumeaux et les
tabatières. Il est vrai de dire que ces envieux
lisent des mémoires, ils ont des ongles à déchirer les basanes, et ne vont au Vaudeville
qu'après avoir pris une dose de Soulavie ou de
Laclos. Dignes gens!

L'un d'eux, mon ex-tuteur, honnête Dijon-
nais que je prends quelquefois plaisir à visiter,
manque rarement de s'emporter devant moi
contre le théâtre. Le théâtre, ce grand faus-
saire de mœurs et d'époque, comme il l'appelle, devrait, ce lui semble, être poursuivi

criminellement. En parodiant ainsi chaque
soir ce dix-huitième siècle qu'on fait à plaisir
plus poudré de vices et de ridicules, plus
guindé, plus ravisseur, plus *régence* enfin selon les affiches, qu'il ne le fut jamais, le théâtre
nous remet en mémoire ces grands laquais
singeant leur maître sous sa dentelle et son
frac.

Ce qui paraît indigner surtout mon ex-
tuteur, c'est la convention de ce mot *marquis*.

Marquis!... toujours des paillettes, toujours
des gens qui, de temps immémorial et long-
temps même après Molière, auront des portraits de femmes jusqu'au coude, le nez farci
de tabac d'Espagne, de l'or et des lettres de
cachet! De l'or surtout, de l'or plein leurs
poches; ou, s'ils n'en ont pas, des créanciers
qui leur en prêtent à chaque acte.

Marquis! Ils croient avoir tout dit avec ce
mot-là.

— Je veux te prouver, me dit-il un jour,
combien on s'abuse sur le sort *doré* de tous

ces pauvres marquis. D'abord je puis me flatter d'en avoir connu bon nombre, sans compter ceux que les livres m'ont fait connaître.

— Et les marquises?

— Ah! pour les marquises, cette histoire-ci n'est faite que pour elles, les pauvres femmes! Et j'en connais, reprit-il, que ces dates rajeuniront.

Je m'assis en face de sa bergère; mon ex-tuteur se recueillit trois minutes, après avoir extrait un parchemin de sa bibliothèque de laque à grilles dorées.

Il commença:

— M. Boucher, premier peintre de Sa Majesté, me mena voir un matin l'un de ses portraits dans un hôtel de la rue Saint-Dominique. Le pastel en question était fort délicatement traité: un buste noble, des traits fins et tout de roses, des dents de perle, et le plus beau bras du monde. Tu vas penser que cette femme (c'est d'une femme qu'il s'agit) n'avait pas encore passé ses vingt-six

printemps, eh bien! tu te trompes : mademoiselle Defresne, autrement dit la Defresne
(bien qu'elle ne fût pas actrice), avait alors
bien davantage. Ce qu'il y a de non moins
certain, c'est qu'à cette époque même sa toilette et sa figure eussent fait encore au premier coup d'œil d'incroyables ravages dans le
cœur d'un traitant, et que nombre de femmes
en étaient jalouses. Sa maison, ouverte aux
gens de lettres et aux comédiens, comme
celle de M. de la Popelinière, avait été dans
le temps une des mieux fréquentées de Paris;
jamais on ne recueillit autant de bons mots
et d'indigestions qu'à la table de la Defresne.

Cent mille écus de pierreries, une garde-
robe de 30,000 livres, une vaisselle de Germain supérieure à celle de M. Beaujon (pour
le travail, si ce n'est pour le nombre des
pièces) et le protectorat du fameux Bonier
de la Mosson, trésorier-général [1] des états de

---

[1] Place quatre fois supérieure à celle d'un fermier-général.

Languedoc l'avaient mise sur un pied de fortune qui l'égalait aux duchesses et même aux femmes de finance les plus en renom. Bonier était mort pourtant, et mort de chagrin de n'être pas né gentilhomme, bien qu'il eût payé 5o,ooo livres une charge de *languéyeur de porc* au service de bouche de monsieur le dauphin.

La vie de la Defresne avant Bonier avait du reste été celle de toutes les *demoiselles du monde,* nom merveilleusement créé pour correspondre alors à celui de fille entretenue. La voyant à peine âgée de seize ans, sa mère, blanchisseuse, rue Montmartre, l'avait vendue. Le marquis d'Ormoi, colonel du temps de la régence, et par conséquent militaire très-désœuvré, ayant trouvé d'aventure, dans le code de la Fillon ¹, un article sur la Defresne,

---

¹ Appareilleuse célèbre de la régence, la même qui découvrit la conspiration de Cellamare et du duc Du Maine contre le régent. Un libraire, nommé Coutelier, a publié les *Lettres de la Fillon*, ouvrage fait pour la *livrée*.

avait, pour conquérir la fille, confié le soin de
sa cuisine à la mère. Bientôt il la céda à un
riche garçon nommé Lebret, enfermé comme
fou depuis neuf ou dix ans chez les frères de
Charenton; vint ensuite un président à mor-
tier au parlement de Provence; puis Bonier,
et après Bonier le marquis Giacomino, Génois aussi aimable et aussi dissipé qu'un
Français. Un petit auteur nommé d'Arnaud,
que ce malheureux Bonier avait la fureur de
traîner avec lui, et quelques beaux esprits auxquels il disait pesamment : *Faites-moi rire*,
avait trouvé plaisant de supplanter le Plutus
de cet Olympe, et de plaire à la Defresne, qui
de son côté raffolait du petit d'Arnaud avec
une telle rage que, pour parer au déficit de
cet imberbe traducteur d'Ovide et de Catulle,
elle s'en était prise à cette belle vaisselle dont
j'ai parlé, et que plusieurs pots-à-oille en
avaient retourné de son buffet chez l'orfèvre.

Après cela ferai-je étalage de mille autres
succès de la Defresne? Elle avait eu des maré-

chaux de France, des guidons de mousquetaires, des chanteurs italiens et des abbés. Le
Maignant et Lempereur [1] remontaient tous
ses écrins. Pour comble d'honneur, je te l'ai
dit, François Boucher était son peintre ordinaire.

Avec tout cela, ou plutôt en dépit de tout
cela, le jour que je la vis, mademoiselle Defresne était réellement triste. Ce n'est pas que
son épagneul, ou que le prince de Revel,
avec lequel elle rompait et renouait tous les
deux jours, fussent en danger; mais la *réflexion,* ce monstre inconnu des jolies femmes,
fanait, au dire de Boucher, son teint de lis et
de roses-pompon. Non pourtant qu'elle écri-
vît ses mémoires, grand Dieu! et s'occupât de
l'ordre de succession dans ses amans; non
qu'elle fît des couplets pour la Foire, ou des
tragédies; ni même que l'Église et l'affaire de
son salut la préoccupassent le moins du monde;

[1] Joailliers du temps.

mais elle avait été la veille à l'opéra de *la Guirlande*, ouvrage *immortel* du sieur de Marmontel, et sur les degrés du cul-de-sac, l'*Aboyeur*[1] lui avait manqué !...

Voici comment :

Au lieu de demander le carrosse du prince de Revel, avec qui la Defresne était sortie, cet homme, la voyant venir, avait cru bien faire en criant de tous ses poumons : — La voiture de mademoiselle Defresne ! Là-dessus mille chuchotemens, et mademoiselle Lucrèce Brillant, actrice de la Comédie-Française, de dire alors que ce nom de *demoiselle* aurait bien mérité d'être échangé pour celui de *dame*, après trente ans d'exercice.

Cette scène, et les propos qui suivirent, piquèrent au vif l'amour-propre de la Defresne. Depuis long-temps elle *réfléchissait*, vous le savez, et certain vernis de décence qu'elle

---

[1] L'aboyeur n'était autre que le commissionnaire du péristyle qui appelle les équipages.

s'était donné semblait recouvrir de très-sé-
rieux projets. Elle était déjà poudrée et corsée
toute droite quand elle entra au salon; un petit bout d'abbé gros et court l'accompagnait.

— Bonjour, monsieur Boucher; ne me
regardez pas, j'ai mal dormi.

On apporta le déjeuner.

— Il ne serait donc pas possible, dit-elle
au peintre en lui indiquant le tableau, de couvrir ce fond par autre chose que des arbres?

— Je vous ferai observer, mademoiselle,
que je vous ai faite en Diane, et que ce crois-
sant qui se détache sur votre tête nécessite ces
jolis bosquets bleus.

— Vraiment, avec ce carquois, monsieur
Boucher, je ressemble à madame de Péry, la
vieille plaideuse du Pilier des consultations!
D'ailleurs ce grand paysage m'écrase, je
voudrais autre chose à la place de ce vilain
fond-là.

— Ces dames, reprit le peintre un peu piqué, y font mettre quelquefois des semblans

de boiseries, leur *carreau* d'armoiries. Vou-
driez-vous me donner le vôtre ?...

Mademoiselle Defresne lui tourna le dos en
faisant une moue horrible. En ce moment sa
mère entra. C'était quelque chose d'énorme,
entortillé dans une mantille à six rangs de
falbalas *à la cloche*, avec une figure luisante
et vermillonnée. Elle avait été *cuisinière* de
M. d'Ormoi.

— Ma *petite tante*, lui dit la Defresne, il
faut partir. Voici 1500 livres que va te compter l'abbé; il t'expliquera comment et pourquoi je ne saurais te garder ici. Je vais remettre ma maison sur un autre pied; va donc
à Limoges; j'aurai soin que tu ne manques de
rien....

La *réflexion* avait conduit la Defresne à s'af-
fliger démesurément de ce nom de *cuisinière*,
nom que sa mère semblait prendre à tâche de
conserver et d'afficher par son ignoble tour-
nure. Le nom de *cordon bleu* ne serait pas

même parvenu à la relever. L'abbé Lacoste
(car c'était lui) rentra triomphant.

Les mémoires du temps appellent cet abbé
un grand *marieur de filles*. Arouet de Voltaire
en fait un commensal des galères de France.
J'aime à croire qu'il y a ici erreur de nom.
L'abbé, que j'ai approché souvent, était un
homme très-fin, aussi bon négociateur que
Chavigni [1], généalogiste redoutable, et brodant au *tambour* avec l'adresse d'une fée. Depuis six ans que la Defresne lui donnait la table et le lit, il entrevoyait clairement le projet
formé par elle de devenir *honnête femme*. Il
n'y a pas de fille un peu sensée que ce projet
ne tourmente. L'abbé, qui passait sa vie à
dessiner les arbres généalogiques du révérend
père Ménétrier, avait mis dès lors en œuvre
toute sa science.

, M. Scribe, en choisissant ce nom pour type de sa jolie
comédie du *Diplomate,* n'a fait, comme on sait, que le restituer au fameux négociateur.

L'aventure récente de l'Opéra rendait la Defresne la plus maussade hôtesse du monde. Son orgueil humilié fit à ce sujet à l'abbé mille ouvertures. Une dernière eut pour but de lui demander un mari.

Un mari tel que l'entendait la Defresne, c'est-à-dire un nom, un nom qu'elle pût écrire sur sa chaise et qui pût lui donner des livrées, un nom à deux pieds qui lui touchât la main et qui la fît noble, entendez-vous?

Car, avant tout, la Defresne voulait être noble; elle voulait humilier à son tour les femmes de finance qui riaient d'elle ailleurs même qu'à l'Opéra.

En ce temps-là les petites affiches n'étaient pas encore inventées. Les *Moncades* pouvaient s'encanailler au théâtre; à la ville on en trouvait peu. Comment faire de bonne foi pour émailler au blason la fille d'une cuisinière? L'abbé remua tout Paris. Il courut avec les *devises* du père Ménétrier sous le bras, pour flairer son gentilhomme, et un beau jour que

la Defresne entrait aux Feuillans, donnant le
bras au petit poète d'Arnaud, il risqua d'a-
platir un de ses paniers en lui serrant le coude
avec ces deux mots : *Le voici!*

Le petit homme qui survint alors, et que
désignait l'œil de l'abbé, ne ressemblait pas
mal à ces figures de mardi gras qui tirent des
sottisiers de leur poche à l'encontre des passans. Il avait l'air rogue et jovial. Sa bourse de
perruque et le collet de son pourpoint étaient
gras et sales; ses manchettes d'un ton d'ocre
désespérant. Il avait du reste beaucoup de
poudre, le teint et le nez d'un lumineux remar-
quable. Vous saurez encore que sa taille était
bien prise, quoique un peu voûtée. Il se dan-
dinait complaisamment sur ses hanches, affec-
tant des airs évaporés malgré ses rides et ses
gros sourcils grisonnans.

Une espèce d'ami ou de domestique le suivait. Celui-là, très-joufflu, habit brun à boutons de cuivre, veste et culotte de prunelle,
col de basin, bas gris, gros souliers, et mar-

chant toujours à deux pas de distance du *marquis*.

Car c'était un marquis, un marquis véritable que la silhouette grotesque qui paraissait d'intelligence avec l'abbé pour cette parade. La Defresne, en voyant cet homme, s'éventait à coups démesurés, et d'Arnaud, sans le connaître, pouffait de rire. L'abbé seul, d'abord comme abbé, puis comme généalogiste, avait la plus sérieuse mine du monde. Ce gentilhomme s'appelait M. de Flory. Ayant perdu l'espoir de récupérer de gros biens qu'il avait en Savoie, d'où sa famille était originaire, il poursuivait à Paris ce délabrement de procédures avec une insouciance d'oisif, et restait livré, par le fait, à la misère la plus profonde. Il en était venu à recevoir un écu, n'importe par quelle main il lui fût prêté.

Il n'avait du reste rien changé à son ancien genre de vie, si ce n'est qu'il l'avait descendu au niveau du peuple, comme un lord au cabaret. Les parades du boulevard, *maneselle*

Zizabelle, et même Ramponneau faisaient ses
délassemens ordinaires; les choux vinaigrés
et les saucisses, ses grands plats. Il n'avait pas
six chemises, et faisait par jour huit parties
d'hombre. L'hôtel du guet de Paris se le serait
adjugé sans que la société de Paris eût eu l'idée
de le réclamer.

C'était vraiment, pour un amateur de contrastes, un objet pitoyable et curieux d'ana-
lyse que ce marquis *dépenaillé*. Sans pommade,
sans breloques, et sans *cachet*; par conséquent
sans nœud d'épée, sans nœud d'épaule... sans
chaîne à sa montre. Eh bien, il trouvait
moyen d'être encore *marquis*, et, qui plus est,
d'avoir l'air d'un *marquis*. Il avait des *talons
rouges* à ses vieux escarpins; il jouait de petits
airs de Venise sur le clavecin, et sentait le
musc. Il savait son Gluck, et levait soixante
aiguillettes à table d'hôte sur l'abdomen d'un
canard. Cet étrange Moncade avait par dessus
tout une masse accablante de créanciers.

La Defresne l'envisagea.

La seule discussion imaginable devant cette étrange parodie de noble était celle de ses *quartiers*. Il fut démontré par l'abbé (même à d'Arnaud), d'après un armorial de Savoie, que les fiefs de la Maurienne qu'il réclamait étaient siens, et avaient de tout temps constitué son marquisat.

Quand la Defresne quitta le jardin, elle eut peine à le retrouver, perdu qu'il était, comme un nain de Paul Véronèse, dans un essaim de grands seigneurs dont le marquis de Villette, le marquis de Giambonne, le marquis de Bièvres, le comte de Cagliostro, le baron de la Garenne et le chevalier Nansitromi faisaient partie. Lorsqu'il revint près de mademoiselle Defresne, il fit signe à son compagnon, lequel abaissa lui-même le marche-pied du carrosse. Ce singulier office de la part d'un homme qu'elle estimait l'*égal* ou l'*ami* du marquis étonna beaucoup cette demoiselle.

M. de Flory serra affectueusement la main de l'abbé. . . . .

II

Tout fut alors décidé du côté de la Defresne ;
le marquis en quelques heures capitula.
Le marquis de Flory, languissant sous le poids
de la misère, accepta une proposition d'hymen
et de rente avec transport. La vie de ce seigneur était fort triste, celle de la Defresne
était brillante et fastueuse. La Defresne lui en-
voya le soir même par l'abbé les *conditions*
auxquelles cette union devait se faire. Les
voici sur parchemin, et telles qu'elles furent
présentées par elle et acceptées par le marquis.

(Ici mon historien déploya le diplôme ori-
ginal de la famille des Flory, juges-mages hé-
réditaires et patrocinans de la châtellenie de
Saint-Jean de Maurienne, auquel il appendait
quatre bulles en cire verte attachées en lacs de
soie rouge, avec les armes du bienheureux
Amédée de Savoie, surnommé le Petit-Char-
lemagne.)

CONDITIONS AUXQUELLES JE VEUX BIEN ME MARIER AVEC

M. LE MARQUIS DE FLORY.

ARTICLE PREMIER.

M. le marquis de Flory m'épousera, mardi 28 de ce mois, à l'église de Saint-Roch, ma paroisse ; et, comme je n'ai pas le temps de songer aux dispenses et aux publications des bans, M. de Flory se chargera de ce soin moyennant cinquante écus que je lui ferai remettre après la signature de ces conditions.

RÉPONSE.

Accepté pour le mardi 28. Si les cinquante écus suffisent, je me mêlerai de tout ; mais je prie mademoiselle Defresne de faire attention que je ne puis sortir, *faute d'habit et de perruque.*

ARTICLE II.

Monsieur le marquis se trouvera mardi 28, à quatre heures du matin, dans l'église de Saint-Roch, à l'entrée de la chapelle de la bonne Vierge, avec un de ses amis connus ; et, aussitôt qu'il me verra avec un des miens, il me donnera la main jusqu'à l'autel où l'on nous mariera.

RÉPONSE.

Accepté pour l'heure et le rendez-vous, quoiqu'il soit humiliant pour moi de ne point vous prendre dans votre maison ; mais refusé pour l'*ami*, ma triste situation ne m'ayant conservé que mon *cordonnier*, que j'amènerai à tout événement.

ARTICLE III.

Immédiatement après la signature de l'acte, je remettrai 300 livres à M. le marquis pour le premier quartier de la pension viagère de 1,200 livres que je m'engage à lui faire jusqu'à ce qu'il plaise à Dieu de l'ôter de ce monde ; hypothéquant, pour sûreté de cette pension ; un contrat que j'ai du marquis de Firmacon, de la somme de 24,000 livres.

Monsieur le marquis aura soin d'avoir en poche sa quittance de 300 livres toute signée.

RÉPONSE.

Bon pour les 300 livres, dont j'ai grand besoin, mais refusé le contrat, à moins qu'il ne soit garanti par une personne solvable, ou que mademoiselle Defresne ne me donne en place des actions sur la Compagnie des Indes ou un contrat sur la ville ; car enfin il n'est pas juste que je donne mon nom pour *rien*.

11*

ARTICLE IV.

Monsieur le marquis s'engagera, le plus solennellement qu'il sera possible, de reconnaître ma fille et mes trois garçons, de s'en avouer le père et de leur permettre de prendre, ainsi qu'à moi, les titres, le nom, les armes et la livrée de la maison de Flory.

RÉPONSE.

Accordé, puisqu'il le faut ; mais c'est se faire père de quatre enfans pour un morceau de pain.

ARTICLE V ET DERNIER.

Monsieur le marquis me *quittera* au sortir de l'église, prendra un fiacre pour se retirer où bon lui semblera avec son ami, et s'engagera ici par écrit à ne jamais mettre le pied chez moi ni dans tous les endroits où je pourrai me trouver.

Fait à Paris, le 22 octobre 1755.

Signé :

DEFRESNE.

RÉPONSE.

Accordé de grand cœur : aussi bien à mon âge vous serais-je inutile. Ainsi comme il vous plaira.

Fait à Paris, le 22 octobre 1755.

Signé :

Le marquis DE FLORY.

Ainsi que l'avait prévu l'abbé, M. de Flory n'hésita pas à souscrire à tous ces préliminaires. Un mari de 1200 livres n'a pas trop la voie de représentation en fait de droit; le mariage suivit donc de près ces signatures. Mademoiselle Defresne prit le nom et les armes du marquis de Flory; sa fille l'imita, l'aîné de ses garçons, alors au collége de Clermont, chez

les jésuites, est devenu marquis; le second a
pris le titre de vicomte; le troisième est chevalier.

La Defresne eut des armoiries couronnées
à son portrait; elle eut un sac de velours pour
faire porter ses livres de prières à la messe pa-
roissiale.

Enfin elle exigea, devant le dieu jaloux,
Qu'un fastueux carreau fût vu sous ses genoux [1].

Le père putatif de cette couvée d'arlequins
n'en fut guère plus heureux. Son ordinaire
s'en améliora pourtant; mais *son ami* le cordonnier entraînait encore le marquis chez
Ramponneau.

Une fois l'*Ite*, *missa est* prononcé, M. de
Flory quitta sa femme.

Il ne fut pas rare de le rencontrer dès lors

[1] Boileau.

entièrement vêtu de neuf, et surtout rue de
l'Échelle, où il se rendait tous les trois mois
chez le sieur Le Noir, notaire, pour toucher
sa pension des 300 livres. Ses goûts de taverne ne l'abandonnèrent pourtant pas. Ce
singulier accouplement d'un marquis et d'un
cordonnier se soutenant tous deux au sortir
des marionnettes et du cabaret causa du reste
moins de surprise dans Paris que les étalages
nobiliaires de la Defresne opposés à tant de dé-
gradation.

Ainsi que vous l'avez lu, il avait été stipulé
dans ce curieux contrat que le marquis évi-
terait de la rencontrer. Les habitudes de M. de
Flory, habitudes si populassières et si basses!
éloignaient d'ailleurs en ce cas toute possi-
bilité de rapprochement. Une fois pourtant
qu'un vis-à-vis à sept glaces ébranlait le pavé
du pont Royal, et que la marquise sortait du
bal avec deux Allemands, son griffon et le petit poète d'Arnauld, le cocher ramena vivement ses guides sous la lueur douteuse d'un

réverbère. Une masse humaine gisait sur le pavé.

Ce corps ramassé poussa d'abord un grand cri à l'approche des roues, puis se releva prestement en cherchant, au reflet des lanternes, à ne point imprimer ses talons rouges dans la boue. Son gilet en mosaïque était recouvert de lie. Ayant reconnu de près les armes du carrosse, il passa maigre et honteux en se serrant contre la muraille.

— M. de Flory! cria la marquise dehors la portière. Un peu plus, d'Arnauld, dit-elle en rentrant, j'écrasais M. de Flory!

. . . .

Dix jours, je crois, après ceci, un mauvais petit corbillard tournait le flanc de Chaillot. Le cordonnier Gervais était le seul homme qui suivît. La cérémonie faite, Gervais détacha l'épée du mort, et retourna dans son échoppe, à laquelle il la suspendit. Ce cordonnier Gervais aimait M. de Flory à sa manière, et en voici la raison. Le marquis, pour fortes sommes, lui avait été adjugé, corps et biens, par sentence expresse du sénat de Chambéry; Gervais se trouvait son propriétaire inamovible. A lui M. de Flory, homme insolvable, à lui le marquis : mais qu'en faire? Gervais le cordonnier s'en était déclaré l'Oreste; il lui présentait sa chaise et portait sa canne en société, lui chantant des noëls grivois et s'enivrant périodiquement avec cet homme qu'il nommait son *talon rouge*.

La vanité de l'homme du peuple trouvait son compte à cette perpétuelle satire. Disons-le pourtant : Gervais le cordonnier n'en continuait pas moins à chausser M. de Flory. Un jour même que, voulant porter le deuil de monseigneur le duc de Normandie, M. de Flory lui semblait embarrassé, Gervais emprunta à son voisin pour trois jours un habit noir......

· Chose étrange! la révolution, qui venait saisir aux cheveux les survivans de cette misérable époque, les surprit environnés d'almanachs des Muses et des Grâces. En échange de toutes ses belles inventions d'aérostats et de paratonnerres à la Franklin, le siècle avant de finir inventa, par une ironie sanglante, son meuble à lui, et ce fut la guillotine. Avant de les rendre froides, ce couperet de boucher glaça d'avance bien des lèvres de vieille femme. Mais la plupart en se regardant parées du fard et des roses de Boucher, avaient eu bien de la peine à rêver de sang et d'échafaud.

Mademoiselle Defresne, s'avançant vers la vieillesse, avait cent moyens de faire *une fin*, le couvent d'abord, ou la province; mais elle ne pouvait vivre sans coquetterie et sans rouge de Jollifret; il lui fallait cet enivrement de Paris, ses abbés et ses financiers à elle, tout ce monde qu'elle ne pouvait se résoudre à quitter, et qui la quittait. Le poète d'Arnauld lui faisait encore de petits vers innocens; mais le dîner se bornait au triste poulet et à la compote; la vaisselle d'argent dont la marquise s'était défaite en bonne *citoyenne* ne lui permettant plus d'envoyer des pots-à-oille à l'usurier, sa ruine était consommée.

Il arriva qu'un samedi, et la *Samaritaine* [1] venant de tinter quatre heures, la foule qui encombrait ce pont me poussa sous les barreaux rouges d'un cabaret. Par un mouvement machinal, je montai sur une chaise. La Grève était encombrée ; j'avais à ma droite une vieille femme, et à ma gauche un représentant du peuple en bonnet de peau de renard qu'on appelait citoyen Mutius. Il me parut gris, et il chantait en ce moment à tue-tête. Je le remarquai d'autant mieux qu'il m'offrit un verre de piquette que je bus d'un trait, crainte de passer pour *suspect*.

En même temps à ce grand bras rouge de

[1] Ancienne horloge du Pont-Neuf, que Bonaparte a fait démolir en 1810. On en conserve le carillon dans le clocher de Saint-Roch, et l'on peut en retrouver la façade dans les anciennes vues d'optique. Il ne faudra pourtant pas en conclure que ce monument fût d'or et d'azur, ainsi qu'il se trouve représenté dans ces charmantes images *ad usum Delphini.*

la guillotine je vis flotter un bonnet de femme.

— Encore ce godet, la mère, disait Mutius.

— Buvons, reprenait la vieille femme.

Un crieur public qui vint à passer hurla dans la foule : *Arrêt et exécution de la marquise de Flory, née Defresne, femme d'un ci-devant.*

— Bonne frime, dit Mutius, ils croient pendre une véritable marquise, dites donc, la mère. Ah! pauvre peuple, va, comme on te trompe!

La vieille femme était tombée par terre ivre-morte, en tenant toujours son godet d'étain.

C'était la mère de mademoiselle Defresne.

Mutius ressemblait à Gervais le cordonnier.

LES

CONVULSIONNAIRES.

Roman en quatre Chapitres.

Le saint diacre buvait toujours en un verre , et de plus il mangeait du pain où l'on trouvait des pailles aussi longues que le petit doigt.

Vie du bienheureux diacre Páris.

CE fut vraiment une chute fastueuse que celle de l'Écossais Law, Law le marchand de papier et de belles promesses, Law en faveur duquel un duc d'Orléans exilait le parlement de Paris à Pontoise, Law devenu à tout jamais, et peut-être sans que la faute en fût à lui, le type de la banqueroute politique et de la friponnerie ministérielle!

Quatre mois et plus, les caquets de Paris avaient vécu sur cette malheureuse banqueroute. La rue Quincampoix une fois déchue de sa vogue, et Law. exilé, la curiosité de la capitale ne trouve plus d'aliment. La régence, avec ses mousquetaires et ses pages, semble s'être barricadée en ce palais Cardinal ou Royal qu'on aurait pu nommer plus justement une taverne. Autant le grand siècle, dans ses somptueuses folies, s'était éloigné des *tabarinades* de la foire, autant celui-ci prend plaisir à courir en chapeau de cocher et en souquenille de laquais. Le peuple de ce temps, ce qu'on appelle le peuple, n'épouse aucune couleur; ce peuple reste indifférent aux vices du maître, comme aux querelles de la Sorbonne, qui commence à s'ébranler sérieusement sur ses pilotis. C'est qu'il se ménage, le peuple d'alors, ou plutôt c'est que ses véritables dominateurs, les philosophes, le tiennent en laisse pour la grande épreuve de la révolution qu'ils méditent.

Vous avez vu que la Sorbonne s'agitait. De la Sorbonne, en effet (et par ce mot de Sorbonne j'entends spécifier l'église de Paris), vont s'élancer les discussions et les arguties, les pamphlets et les chansons liturgiques; Cornélius Jansénius, évêque d'Ypres, provoque en duel le jésuite espagnol don Luis de Molina y Sotomayor !

C'est-à-dire qu'à cette période de débauche succède une période incrédule et tracassière, confuse, enthousiaste et burlesque dans ses croyances; c'est l'époque des in-folios sur les miracles, et des schismes sur la folie : chacun veut avoir son saint, et le fanatisme en arrive à produire des coliques et des convulsions. Le cardinal de Fleury, ce patriarcal vieillard, que Voltaire appelle le plus *aimable* et le plus *désintéressé* des courtisans, va voir son ministère soumis aux dissidences de la *constitution* et du *formulaire*, ce ministère dont chaque protocole lui rappelle le cardinal Dubois !

Ainsi le voudra la bulle *Unigenitus*.

La bulle *Unigenitus* traversera ce siècle comme un météore; il y aura des arrêts du parlement et des comédies pour et contre la bulle *Unigenitus*.

Heureusement pour vous et pour moi qu'il existe des livres enfumés et ténébreux, atlas de science et de discipline cléricale, où ce mot terrible, *Unigenitus*, ce mot se trouve traduit, commenté, fixé. La bulle *Unigenitus*, à l'heure qu'il est, fournit encore au long quai des Augustins des parapets de doctrine, de dissertations, de commentaires, d'argumentations et de contestations : c'est une encyclopédie aux mille têtes qui a produit plus de livres et enrichi de libraires que n'en consommera la présente génération. Il fut un temps où la bulle *Unigenitus* acquittait à elle seule le loyer, l'habillement, la nourriture et le mariage des filles de ses typographes. Venez donc nous vanter l'Encyclopédie de M. Diderot!

Or, maintenant, vous voici bien prévenus qu'il ne reste plus rien du grand siècle, rien,

pas même la marquise de Maintenon, qui
vient de s'éteindre dans un dortoir de Saint-
Cyr [1]. De la régence à peine un souvenir
tiède; le siècle est devenu gourmé comme un
docteur janséniste; il a les yeux louches et le
front baissé. Siècle de comédie ascétique et de
théologie folle, bouffon dans sa gravité; siècle
malheureux et passionné, malhabile et dé-
crépit, dernière lueur de ce feu sacré de la foi,
auquel devait succéder une période d'impiété
féroce, et finalement notre siècle d'indifférence.

On me pardonnera ce précis de réflexions
nécessaires au ton de cette histoire...

[1] 1719.

I.

La Croix.

Le jeune garçon qui descendit du coche de Péronne, rue des Poules, à l'hôtellerie de la Corne-Double, au mois de mars 1728, et par une pluie aussi pénétrante que possible, avait nom Gervais Robin. Malgré son air ingénu, son toupet cardé, son habit perdrigon, et, de plus, quelques écus sonnant dans sa valise, il parut d'abord très-suspect à la demoiselle

Léonarde, logeuse en garni, attendu que ses cheveux étaient noués à la *catogan*, ce qui annonçait les habitudes d'un soldat, quoiqu'il se dît *menuisier*. Il parlait peu, ce qui n'en disposa pas mieux la demoiselle Léonarde. Quand il eut soupé (ce qui ne fut pas bien long), il se fit indiquer sa chambre, en priant qu'on voulût bien l'éveiller de grand matin, désireux qu'il était sans doute d'accomplir un message dont il paraissait chargé. C'est du moins ce que supposa la demoiselle Léonarde en le voyant placer auprès de sa valise un certain coffret du *Havre*, sur lequel on peut bien croire qu'il se trouvait figuré, ainsi que de coutume, un assez bon nombre de perroquets verts et de serins jaunes.

Le lendemain, en effet, et de fort bonne heure, on vint frapper à la porte de Gervais Robin, qui était déjà sur pied. Un rayon de soleil venait par bonheur de traverser les volets de sa chambrette. Gervais salua cette lueur propice comme aurait fait un matelot après la tourmente; il sauta les degrés et enjamba l'huis de la rue, guêtré, boutonné, courant et content.

Muni du coffret, il se hasarda bravement sur la place de l'Estrapade. Quand il se fut assuré que cet espace bifurqué qu'il avait devant les yeux portait bien ce nom, il prit le coffret, cherchant vainement à lire une carte d'adresse qu'on avait clouée sur son couvercle et que le frottement des marchandises avait effacée. Pour comble de malheur, sa cassette n'offrait aucun autre indice. Gervais préféra donc se résigner à attendre de nouvelles informations paternelles (ou maternelles) de sa province, plutôt que de se risquer dans l'interminable chapitre des méprises, ce qui était judicieusement raisonné.

C'était la première fois que ce jeune homme voyait la grande ville. S'il s'était levé de grand matin, c'est qu'à part même le soleil, il avait pour cette diligence insigne mille bonnes raisons : une foule d'outils à acheter, des maîtrises à visiter, un trousseau à com-

pléter, et puis ce désir inné à tout provincial
de voir les monumens et les églises d'une ville,
de les voir brusquement et tout de suite,
comme si le lendemain la ville aux cent clo-
chers devait être emportée, ainsi qu'un jouet,
dans le manteau de la fée! Gervais courut
donc, et épuisa ce singulier plaisir de se lasser
pour ne rien voir. En quelques heures il mar-
cha plus que vous et moi ne le ferions pendant un mois ; aussi quand il revint, le soir, à
l'Estrapade, il était plus ébloui que s'il eût vu
la cour et les bougies du grand couvert de
Versailles ; et, le lendemain, sans perdre de
temps, il avait fait peindre en lettres rouges,
(du consentement de son hôtesse) sur la muraille de l'auberge même :

GERVAIS ROBIN, MENUISIER,

A LA GRACE EFFICACE,

FAIT TOUT CE QUI CONCERNE SON ÉTAT, ACHÈTE, ENTREPREND,
RACCOMMODE ET RESTABLIT, TRAFICQUE ET BLOCQUANTE ;

AU PLUS JUSTE PRIX.

Et en conséquence, le rez-de-chaussée de la vieille maison lui avait été dévolu.

Quant à cette enseigne théologique de la *Grâce efficace*, disons-le hautement, à la satisfaction des mânes de la demoiselle Léonarde, c'était à sa pieuse instigation que Gervais avait cédé, et cela sans déplaisir et sans hésitation, le digne jeune homme! et seulement sur la représentation de ladite demoiselle qui lui avait pronostiqué la bénédiction de Dieu, d'après un pareil titre, titre que Gervais ne se donna pas même la peine de se faire expliquer, tant il était pressé de jouir déjà de sa location. Quand vint le souper, la demoiselle Léonarde trouva Gervais très-allègre. Dans la journée, il écrivit à ses parens, et alla voir manœuvrer avec une joie indicible les hallebardiers de M. le maréchal de Saxe.

Cependant, si grande que fût la curiosité de Gervais, le quartier dans lequel il logeait n'était guère de nature à le satisfaire. Son chantier le laissant bientôt distrait et inoccupé, ce jeune homme ne tarda pas à prendre goût à ces promenades sans but, détours capricieux d'une existence parisienne, passe-temps d'un désœuvré ou d'un poète; mais chez Gervais il n'y avait d'autre poésie que celle du hasard. S'il s'aventurait ainsi le soir dans les rues, c'était par envie naturelle de voir et sans préméditation romanesque. Il marchait, il s'étonnait, il écoutait, il regardait surtout, et voilà son but.

Le malheur voulut que les pratiques sur lesquelles avait compté la demoiselle Léonarde, *auteur* de l'enseigne, ne se présentassent pas dès les premiers jours, ainsi qu'elle l'avait prédit à Gervais; ce qui, joint à son indolence naturelle, acheva d'entretenir le jeune homme dans son inaction et ses goûts de promenades crépusculaires. Une fois l'hameçon de l'enseigne émoussé, Gervais s'abandonna plus que jamais à la pente de son caractère oisif. Il fut, depuis maître Adam, le plus négligent des menuisiers; en revanche aussi, il posséda bientôt mieux que personne la statistique du plan de la *Tapisserie*, autrement dit celui des rues de Paris.

Sous le ministère de monseigneur André-Hercule de Fleury, les rues n'avaient cependant rien qui les distinguât du Paris des autres règnes, si ce n'est que dans un angle boueux du faubourg Saint-Marceau on entendait quelquefois un singulier vacarme. La rue Gracieuse, par exemple, la rue de l'Épée-de-Bois et surtout celle de Saint-Médard, voisine de la demeure du menuisier, laissaient quelquefois percer au travers de leurs vitres grasses des éclats de lampes ou de chandelles qui les auraient fait ressembler aux palais fantastiques des contes de fées, n'eussent été l'horrible saleté de ce faubourg et la méchante mine des murailles et des toits. Des voix nasillardes y psalmodiaient à l'envi des espèces de noëls et de cantiques. Il n'était pas rare de s'y voir réveillé subitement, au coup de matines, par de grands cris; et par dessus tout, le guet de

Paris, aussi valeureux et aussi éveillé que possible, y faisait sa ronde d'un air mystérieux et animé.

La physionomie exceptionnelle de ce quartier ne ramena pas cependant le jeune provincial à des habitudes plus laborieuses dans son enceinte. Ses deux apprentis parlaient déjà de le quitter, et ses ressources diminuaient à vue d'œil. A peine avait-il monté, dans un mois, deux jalousies pour la fenêtre de monsieur le recteur de la Sorbonne.

L'insouciance de Gervais s'effraya néanmoins de ce décroissement subit de ses pistoles et de ses écus. Avant de manier le rabot, Gervais avait porté le mousquet pendant trois ans. Son père, retiré en Picardie, avait servi sous le maréchal de Boufflers et emporté les postes de Rovère et d'Ostiglia avec le chevalier Folard. Gervais aurait donc pu s'appuyer de noms honorables et de protections illustres; mais, comme tous les jeunes gens curieux et dissipés, il n'avait suivi que les lois de son caprice, et il avait quitté le mousquet, sa province et son père, qu'il craignait beaucoup, afin de se faire une fortune, à ce qu'il disait. Le métier de menuisier lui avait paru fort encourageant; il avait trafiqué de quelques bois rares et précieux des Indes; il connaissait à fond la partie, et, quant aux commandes et à l'argent, il s'en reposait sur le hasard et l'avenir. Son intention avait été d'abord de travailler des armoires et des buffets de sacristie; et, de fait, il en avait exposé quelques uns sur sa devanture, qui attiraient les regards de tous les passans. Il achetait aussi, dans le commencement, quelques vieux meubles, et le jour que sa première pratique (un petit vieillard à l'air janséniste) frappa à sa porte, Gervais reclouait une vieille armoire à *lit renversé*.

— Jeune homme, dit celui qui entrait, et qui tira de sa poche un petit cornet de fer-blanc (comme pour avertir qu'il était sourd), jeune homme, ne sauriez-vous pas d'où vient cette armoire?

— Aucunement, Monsieur; c'est un confrère de la rue du Petit-Bac qui me l'a vendue.

— La rue de Sèvres! c'est cela! Je savais bien que le meuble provenait de la vente de M. Pâris! L'armoire à coucher du bienheureux saint! C'est elle-même; il ne manque que les clous. *Durum cubile*, comme dit l'Ecclésiaste.

— Je ne sais ce que vous voulez dire, Monsieur; j'arrive d'Abbeville, et je ne connais pas M. saint Pâris. C'est peut-être quelque seigneur de la cour ?

— Comment dites-vous là? Six écus! Mais vous êtes un ignorant, mon bon ami; en voici douze: douze, et c'est bien le moins que douze écus pour acquérir la couchette d'un saint; car c'est un saint, jeune homme, *clarus et ipse miraculis!* Et le petit vieillard leva l'index en rapprochant le même cornet de fer-blanc de son oreille pour mieux ouïr ce qu'allait lui répondre Gervais.

Le jeune ouvrier, ne comprenant rien à tout ceci, se mit à démonter la grande armoire,

pendant que l'acheteur, assis sur une esca-
belle, tirait de la poche droite de sa veste de
panne une escarcelle de cuir, dans laquelle
il prit douze écus *à la vache*, et bien intacts.

Gervais eut alors le temps nécessaire pour
examiner ce singulier chaland. Il portait, par
dessus son frac à boutons dorés, une sorte
de manteau ou de soutanelle de serge d'Au-
male, des souliers fort gros et *négligés*, un
chapeau sans cordon, et sous le bras gauche
un petit panier contenant ses herbes, ses
légumes et son pain pour la semaine; ce garde-
manger entremêlé de livres et d'estampes,
dont il venait de faire emplette chez l'imagier
en face. Gervais ne put résister à la tentation
d'en regarder quelques unes.

— Monsieur, lui cria-t-il de toute la force de
ses poumons, vous ne faites pas gagner seulement les menuisiers, à ce qu'il paraît; voici
de bien belles estampes! Que figure celle-ci?

— Erreur! jeune homme, erreur! reprit le

petit vieillard, je demeure rue de l'Épée-de-Bois, au quatrième. J'ai changé mon genre de vie. Ne m'appelez plus, je vous en prie, le chevalier Folard.

— Je vous ai peut-être offensé, Monsieur, dit Gervais avec toute la politesse sérieuse qu'on doit à un sourd.

— Celle-ci, jeune homme, reprit alors le vieux chevalier en déroulant tout d'un coup une de ses estampes, rentre dans les images communes. Je veux bien vous la montrer, puisque vous êtes des nôtres, ainsi que votre enseigne le dit assez. C'est le navire représentant les vénérables pères Quesnel, Jansénius, Saint-Cyran, d'Arnauld et le bon monseigneur d'Utrect!!. Ne venez pas me dire que ce théatin-là n'est pas correct, parce que la jambe est de travers. Apprenez, mon cher enfant, que les théatins, les minimes et surtout les jésuites, ont presque toujours les jambes de travers, comme la cervelle. Bien! bien !

vous reconnaissez celle-ci : c'est Escobar avec
son air hideux et tétrique; son confrère Molina, avec son vilain nez retroussé et son bonnet à trois cornes de Beelzébuth! Cela fait
rire au possible toutes les bonnes âmes de la
rue Saint-Antoine! Oh! oh! et celle-ci! l'interminable procession qui va choir du pont
dans la rivière : comme c'est historié! Cela
me rappelle mon *Système des colonnes et de
l'Ordre profond contre l'Ordre mince*. Voyez
donc ces papes alignés en tête de la procession,
avec tous les cardinaux; le concile romain et
tous les évêques de l'église. Tandis que les
papes marchent en triomphe sur ce pont, voilà
quatre docteurs, deux ou trois évêques et un
moine qui travaillent à le saper. Ils ont encore
leurs outils à la main. Comprenez-vous bien,
vous qui êtes charpentier?... Ils en sont venus
à bout, les braves pères! et *patatra!* voilà les
papes dans la rivière, avec les cardinaux et
toute leur séquelle! Voyez, voyez comme les
jésuites barbottent pour se sauver à la nage!

Toute l'église est à vau-l'eau! N'est-ce pas que c'est malicieux?

Qu'est-ce que c'est, jeune homme, vous riez devant celle-ci? C'est pourtant un jeu fort moral d'escarpolette. Vous voyez sur le bout de cette poutre le pape avec tous ses évêques entassés les uns sur les autres, et en bas une multitude infinie de prêtres et de docteurs qui tirent de toutes leurs forces. Naturellement la corde casse, et ils tombent pêle-mêle comme mes anciens opposans militaires à l'attaque de la cassine de Bouline. Quelle belle attaque, jeune homme! Je suis payé pour m'en souvenir, car c'est là que j'ai perdu ma traduction de Polybe! une traduction charmante, et que je paierais mille écus, si j'en retrouvais seulement quatre cents feuillets! Mais je ne dois plus penser qu'à mon salut; Dieu m'a fait la grâce de m'illuminer!... Où est l'armoire du bienheureux diacre! *Sancte Paris, expande tua brachia!...*

13

Et comme Gervais restait muet devant le vieillard :

— Mon ami, regardez-moi bien : je suis Jean-Charles Folard, QUENELISTE, et APPELANT au futur concile contre le jugement erronné du pape. Ne venez pas me dire encore une fois que je suis le chevalier de Folard! Quand vous viendrez chez moi, je vous ferai voir la sainte perruque du saint diacre; je ne la mets qu'aux jours de fêtes, et quand je vais à la grand'messe à Saint-Séverin. Bonne église et bonne paroisse, en vérité!... J'ai aussi la pantoufle droite et les matelas du bienheureux! *Exultemus et lætemur!* dit encore l'Ecclésiaste. J'ai la convulsion..... je veux dire la conviction intime, que dans peu le pape sera supprimé. Le pécheur sans la grâce n'est libre que pour le mal. Et comment trouvez-vous les molinistes qui voulaient faire croire que j'étais privé d'entendement?... Bonsoir, mon bon frère!...

Puis cet étrange chevalier, leste et réjoui

malgré son âge, remit en poche son cornet,
reprit son panier, et descendit prestement la
rue des Postes.

En ce moment, les regards de Gervais tom-
bèrent je ne sais comment sur le coffret sans
adresse. Dans l'espoir d'y trouver quelques
renseignemens, il l'avait ouvert la veille, et
avait été surpris de le trouver vide. — Bon! se
dit-il, c'était un tour que voulaient me jouer
mes pays, et mon père tout le premier, à la
fin de voir si j'étais exact! Allons, le coffret
n'est pas trop mal, et je ne manquerai pas de
le vendre bientôt à ce brave bonhomme.
Douze écus! c'est de quoi me faire bien-venir
de mes amis, que je vais retrouver à la porte
Montmartre! Et cette belle fille que j'ai ren-
contrée l'autre soir aux vêpres de Saint-Médard... voilà un port de reine! Mais elle est
fière comme un fifre de régiment, avec son
casaquin de siamoise et ses bas à damier rouge
et noir! N'importe, si je la retrouve, je risque-
rai de lui faire ma déclaration.

13*

Il en était là de ce monologue lorsqu'il reçut le billet suivant :

« *Votre enseigne anti-papale et la précieuse acquisition que je viens de faire chez vous m'ont fait penser, cher Frère, à vous confier la commande suivante. Il s'agit d'une croix de moyenne hauteur que vous charpenterez le plus hastivement possible et le plus proprement. Monsieur l'abbé Jacquemont* [1] *au nom duquel je vous parle icy désirerait que la croix eût six pieds de long sur trois de largeur, qu'elle fût de préférence en bois peint de rouge, ornée vers le sommet des lanternes, clouds, marteaux, et autres instrumens de la Passion. L'ouvrage est pressant, et devra être achevé pour la nuit du 27. Voici à-compte douze écus que le porteur vous comptera.*

Signé :

L'acquéreur de l'armoire du bienheureux Páris. »

---

[1] L'abbé Jacquemont, ancien curé au diocèse de Lyon, partisan déclaré des miracles et des convulsionnaires.

— C'est sans doute un cadeau pour quelque église, pensa Gervais, un *ex voto!*

Et il répondit qu'il n'aurait garde d'y manquer.

II.

Françoise la Picarde.

A quelques jours de là, Gervais, rentrant chez lui, fut très-surpris de voir la place de l'Estrapade obstruée par une foule de vieux carrosses, la plupart tristes et sombres, mais quelques uns plus coquets et plus brillans. Cet attroupement étrange d'équipages entourait une chaise de poste, d'où ressortait la perruque

volumineuse d'un conseiller au parlement de
Paris, qui débarquait à l'heure même de Versailles en robe rouge, avec épitoge, et qui sa-
luait du bonnet, ni plus ni moins qu'à l'audience de la Tournelle, pendant que son cocher
attendait sans doute, devant la porte de son
hôtel, que le suisse en ouvrît la grille massive,
à trois battans noirs. Ses deux laquais distri-
buaient au peuple de petits imprimés sur papier rose, que Gervais ne se montra guère
soucieux de recueillir, dans la crainte d'y retrouver peut-être des allégories aussi peu di-
vertissantes que celles du vieux chevalier, sa
pratique.

Le conseiller [1], que Gervais apprit s'appe-

, Ce ne fut que le 29 juillet 1737 que M. de Montgeron
(Louis-Basile-Carré) se rendit à Versailles pour présenter au
roi son livre de *la Vérité des miracles du diacre Páris,* in-4. avec
vingt planches. Le roi Louis XV se voit encore figuré en grande
perruque, recevant l'ouvrage de M. de Montgeron qui, en sa
qualité de conseiller, d'appelant et de thaumaturge, a derrière
lui la Vérité nue et sans nuages. Le roi reçut le livre sans savoir
ce qu'il contenait. La nuit suivante (du 29 au 30 juillet) le

ler M. Carré de Montgeron, se donnait depuis
quelque temps en spectacle par des démarches
et des discours qui semblaient provenir d'un
cerveau malade. Il lui arrivait de sortir parfois
à peine vêtu, et de lire tout haut dans la rue,
au premier passant venu, la *Merveilleuse gué-
rison d'Anne Lefranc et les Dissertations précieuses qui la suivirent;* et depuis même son
exil en Auvergne, cet intrépide prôneur du
cimetière Saint-Médard avait accueilli publi-
quement de son suffrage les extravagances
d'une fille convulsionnaire. En ce moment,
où ce concours devait le flatter le plus, il ôta
familièrement sa perruque, et la posa sur son
pouce; puis, voyant l'inextricable embarras de
tous ces carrosses, il commanda à son cocher

conseiller Montgeron fut mis à la Bastille. Sa compagnie voulut
bien présenter des remontrances en sa faveur, mais elles n'eurent pas de suite, et le magistrat fut exilé à Villeneuve-lez-
Avignon, peu après à Viviers, et enfin à Valence, où il
mourut.

(Extrait de *la Vie et des suffrages en faveur*
de M. de Montgeron, 1749, in-12.)

de détourner au coin de la rue Saint-Hya-
cinthe, ayant oublié, disait-il, d'aller porter
des exemplaires de son livre au duc d'Orléans, au premier président et au procureur
général.

Pendant que les équipages s'ouvraient pour
lui frayer la route, ses laquais distribuèrent
encore au peuple de grands coups de canne
et des exemplaires brochés de sa *Conversion*;
car les laquais de cet autre vendeur d'orviétan
janséniste étaient très-ferrés sur le *dogme*, et
leur doctrine touchant la grâce entrait à
compte dans leurs gages et leurs pour-boire.
Il n'y eut pas jusqu'à son cocher qui, furieux
de voir au départ ses chevaux si peu en
train, et ne sachant plus quelle injure leur dire,
les appela *molinistes*.

— *Molinistes!* pensa Gervais, c'est là tout
de même une drôle de sottise pour des chevaux!

Il n'en continuait pas moins à s'acheminer
vers la rue des Poules, au milieu de tout ce

concours de peuple, quand il entendit un bruit de voix criardes à l'angle de cette grande place, sur laquelle de vieilles bourgeoises Marcelines étaient en pourparler.

— C'est une horreur, une indignité, mam'selle Flippart, cette pauvre Françoise que son maître renvoie, après cinq ans d'exercice !

— Une fille, mam'selle Castagnet, qui n'avait au plus que dix-sept ans quand il l'a fait venir de Péronne, le vieux renard, pour mettre en état ses nippes et son linge !

— Jarnigué! qu'elle était faraude la demoiselle Françoise quand elle passait devant Saint-Médard avec ses paniers renflés ! Dam! c'est que l'on dit aussi qu'elle sait écrire, et aurait fait au besoin une fille de boutique... Y gna qu'heur et malheur dans ce monde-ci, c'est bien vrai.

— Doux Sauveur, si je m'en souviens ! c'était une perle à *farciner* les yeux d'un apôtre, sans compter qu'elle était sage comme une tourtière de couvent.

— C'est encore votre saint Pâris qui est
cause de ceci, mam'selle Flippart.

— Que voulez-vous donc dire, mam'selle
Castagnet? Saint Pâris, celui qui guérit tous
les malades de France à son cimetière? J'de-
vons ben le savoir, j'espère, nous qui avions
sur notre palier la nièce de M. Piochon, une
fille muette..... C'est ça qu'était un miracle!
eh bien! on lui a mis sur la tête une pincée de
terre du tombeau de saint Pâris, et elle parle
à l'heure qu'il est comme vous et moi.

— Vous adonisez les *jansénitres,* mam'selle
Flippart; mais savez-vous, par exemple, que
j'ai mon petit bonhomme de Jean dont la
jambe depuis son pélerinage est devenue plus
courte que l'autre de près d'un pouce? Cela
me coûte assez, pourtant, et j'ai déjà brûlé de
fameux cierges en l'honneur de votre bienheureux saint Pâris!

— Est-elle donc pressée, cette mam'selle
Castagnet! pour Dieu! Mais attendez donc. Ne
savez-vous pas que dans un pouce il y a douze

lignes ? Et vous imaginez-vous qu'un saint d'aujourd'hui vous pourra faire en un jour un alongement de douze lignes à une jambe ? Cela était bon autrefois que les saints faisaient des miracles à la douzaine. Parbleu, donnez-leur le temps.

— Ah bien ! oui, votre saint n'aura plus de mes chandelles, mam'selle Flippart. Écoutez plutôt la chanson de la duchesse du Maine, sur l'air de la *Pintade ajustée*:

> Un décrotteur à la royale,
> Du talon gauche estropié,
> Obtint par grâce spéciale
> D'aller boiteux de l'autre pié !

— Vous dites là de vrais blasphèmes, mam'selle Castagnet !...

— Eh ! mon Dieu, depuis quand, vous autres, avez-vous tant de dévotion pour les saints ? Vous nous la donnez belle, à l'heure d'aujourd'hui ? Et puis est-ce qu'il n'y a pas as-

sez de saints dans notre paroisse sans aller
déterrer votre saint Pâris, qu'on dit qu'il ne
voulait seulement pas faire ses pâques par dévotion ? Voyez la belle religion qu'il avait !
C'est tout juste comme saint Greluchon qui
faisait bassiner son lit et qui couchait avec une
couronne de papier doré par humilité chré-
tienne.

— En voilà assez, mam'selle Castagnet ; je ne
vous fréquenterai ni ne vous parlerai plus de
ma vie. On voit bien à votre bonnet à grands
papillons ce que vous êtes, une écervelée moliniste, une ennemie des saints !

— En attendant, je vous conseille de vous
faire plisser un bonnet à papillons pour aller
à la comédie qui sera bientôt donnée à la Bastille par tous les sauteurs de saint Pâris. Cela
ne sera pas long !

— Miséricorde, quelle impiété ! et comment osez-vous parler de la sorte ?

— Écoutez, mam'selle Flippart, voici Françoise, elle vous le dira mieux que moi, la pauvre enfant!

Et mademoiselle Castagnet, revendeuse, boiteuse et moliniste, ne mentait pas à coup sûr; car la grande belle fille que Gervais vit apparaître, et qu'il reconnut tout de suite pour en avoir fait rencontre quelques jours auparavant, était dans l'état le plus pitoyable du monde. Elle fondait en larmes, et de manière à inspirer la compassion des plus insensibles. C'était une belle Picarde, de haute taille, en jupon d'étamine noire, mantelet gris et chignon retroussé sous son ample bonnet à plis. Elle contenait avec ses deux mains et dans ses deux bras tous ses biens meubles et immeubles, à savoir certificat de son maître *comme quoi* elle était *honnête* fille, un petit paquet, deux cartons et un chauffedoux.

— Merci Dieu, mam'selle Françoise, vous entonnez donc le *De profundis* de départ en quittant votre monsieur le chevalier?

— Vraiment oui, mesdames, il dit qu'il ne

veut plus avoir un seul domestique; qu'il veut
bêcher son jardin à lui tout seul, et qu'il
cuira lui-même ses légumes. Il dit que ce n'est
pas la peine de faire son lit, que je ne lui se-
rais bonne à rien qu'à le distraire; et tant y a
que me voilà sur le pavé depuis qu'il s'est mis
en tête d'acheter l'armoire à coucher du bienheureux M. Pâris.

— Mon Dieu, mam'selle, interrompit Gervais qui s'approcha timidement de Françoise,
votre maître vous a donc bien maltraitée?

— Oh! que non pas, Monsieur, mais il m'a
poussée à la porte le plus doucement possible,
en me disant que c'était pour son salut.

— Il est vrai, ajouta mademoiselle Flippart, que M. le chevalier de Folard est l'homme
le plus régulier... du moins depuis sa conversion.

— Régulier, régulier! je le sais mieux que
tout autre, reprit Françoise, moi qui le cou-
chais à huit heures et demie tous les soirs depuis trois ans. Mais depuis que saint Pâris lui

a tourné la cervelle il ne veut plus coucher que sur sa chaise ou sur le plancher de la chambre. Le jour, il prétend que son lit soit orné d'un matelas, d'un oreiller et d'une couverture, mais le soir tout cela disparaît, et il couche sur le bois tout cru. Croiriez-vous bien qu'il a eu la chose de payer douze louis d'or pour avoir la perruque de M. Pâris? Avec cela qu'il n'en est pas moins sourd à tout jamais, en attendant que par l'intercession du saint la surdité s'en aille. Miséricorde! si le cimetière Saint-Médard opère ce prodige-là, j'irai le dire à Rome.

— Mais, mon doux Jésus, mam'selle Françoise, n'avez-vous pas fait des économies chez ce vieux carême-prenant? fit doucereusement la Castagnet.

— Mam'selle, je ne sais pas ce que c'est que duper ses maîtres; d'ailleurs il y a bien assez de singes en rabat qui grugent le mien. Jarnigué! quand je pense que ce qui va lui rester et profiter de mes gages engraissera la troupe

de M. Pâris, j'enrage de ne pas trouver une
condition où je puisse les berner et les faire
endêver comme ils le méritent.

— Mam'selle Françoise, on vous en trouvera une condition, on vous en trouvera, c'est
moi qui vous le dis. Promettez-moi seulement,
ajouta la vieille Flippart, que vous ne souffle-
rez mot de ce que je vais vous dire à l'oreille.

— Je vous le promets, reprit Françoise en
sanglotant bien fort.

La vieille bourgeoise, se levant alors sur les
hauts talons de ses mules, parla quelques momens à l'oreille de Françoise. La belle Picarde
inclina la tête en réprimant un léger sourire.

Et Gervais ne put savoir de quelle *condition*
ces deux femmes avaient parlé.

Françoise descendit avec la demoiselle
Flippart le bas de sa rue des Poules...

III.

Une Condition.

Le jeune ouvrier rentra soucieux chez lui. Selon toute apparence, il dut se tenir long-temps à la fenêtre de sa boutique pour suivre des yeux le même chemin qu'avaient pris ces deux femmes, car l'un de ses apprentis vint l'avertir respectueusement que la croix en question était presque terminée, et qu'il n'y

manquait plus que les attributs de la Passion,
dont Gervais devait se charger. Le bois de la
croix était en effet lisse et brillant, ouvragé
avec soin comme pour une chapelle de visi-
tandines. Gervais congédia ses apprentis.

Resté seul, il essaya de se distraire de l'ennui
d'un pareil travail par le souvenir exact de tout
ce qui l'avait frappé jusqu'à ce jour; et, chose
merveilleuse! les étonnemens naïfs de Gervais
le provincial s'effacèrent tous devant l'apparition miraculeuse de cette belle fille entrevue par
lui l'espace d'une demi-heure; pour Françoise
il oublia la ville de Paris et son magnifique aspect, il oublia le diacre Pâris et ses miracles.
Il faut le dire aussi, jamais, de mémoire d'A-
miénois venu à Paris, une si parfaite créature n'avait tenté un fils de province. Ce qui
intéressait Gervais à cette figure, que son en-
thousiasme appelait déjà céleste, était plutôt
la douleur honnête et naïve qu'il avait vue ré-
pandue sur chaque trait de la bonne et belle
Françoise. C'était ce port majestueux d'une

14*

simple fille, et ce beau corps dont un déshabillé plus que vulgaire voilait chaque secrète beauté. Tout, jusqu'au patois lentement criard de la Picarde, et sa colère grotesque contre son maître dans la scène précédente, avait enchanté le jeune menuisier. Dans quelques mots échangés à peine devant lui, il avait appris que Françoise était de Péronne, et ce nom seul, le nom de sa ville natale, avait rejailli comme un rayon de gloire et de grâce nouvelle sur le front de sa déesse. De ce moment-là Gervais conçut l'idée de devenir son sauveur. La condition future de cette belle fille l'effrayait. De quelle condition avait en effet voulu parler la demoiselle Flippart? A Paris il y a tant de métiers étranges!... Gervais en ce moment était l'Amadis le plus tourmenté de la rue des Poules, et de tout le quartier Saint-Marcel...

Vous dire les projets qu'il imagina pendant les jours qui suivirent serait au dessus de votre patience, lecteur; contentez-vous de savoir que Gervais travailla avec plus d'ardeur

que jamais, et que le 27 au matin les attributs
de sa croix, commandée pour ce jour même,
étaient parachevés et bien placés.

Quand la nuit tomba, Gervais, comme de
coutume, s'échappa de sa boutique. Il avait
remarqué depuis peu que c'était dans la direc-
tion de la longue rue Mouffetard que la demoiselle Flippart se rendait avec Françoise.
Les premiers jours, il pensa que la conseillère
mystérieuse de la belle Picarde la conduisait
peut-être dans quelque atelier de travail, ma-
gasin janséniste et suranné des modes et affi-
quets de Saint-Séverin, fabrique de bonnets
étriqués et de chignons exigus. Mais, outre
que Françoise lui parut souvent changer de
maison, le tumulte et l'obscurité du faubourg
lui fit maintes fois perdre sa trace. Il se résolut
donc à faire ce soir-là une battue dans les
règles, et sur les dix heures il se blottit sous
l'auvent d'un layetier de ses amis, à la descente même de cette rue sombre.

Sur le pavé tortueux et glissant de ce faubourg il entendit bien long-temps craquer les lourdes voitures des rouliers et les épaisses charrettes des marchands de farine, tandis que les cloches de Saint-Médard sonnaient un glas sinistre, ou que plusieurs chaises et voitures étrangères sans nul doute à ce quartier, longeaient le coin du cimetière à sa gauche. Onze heures étaient sonnées : le silence le plus profond régnait, et les lanternes de corne du layetier étaient éteintes.

Le froid de la nuit et l'impatience tourmentaient déjà le menuisier. Peu à peu l'aspect ténébreux du faubourg s'étant accru des ombres réelles de la nuit, Gervais distinguait à grand'peine quelques silhouettes que le seul fallot de cet angle renvoyait à la muraille ; tout à coup cependant il tressaillit...

Une femme, une seule femme venait de traverser le ruisseau ; il parut bientôt à Gervais qu'elle était suivie à quelque distance, car elle attendit l'espace d'une seconde la vieille qui l'accompagnait.

Gervais, ignorant sans doute des ruses et contre-ruses espagnoles, n'aurait pas dû supposer que cette dernière figure pût cacher une duègne; ce fut pourtant ce que soupçonna son génie inquiet, car il pressa le pas et se disposa à couper le chemin à la vieille. Mais la vieille demoiselle gagna de toute sa vitesse sa belle compagne à coqueluchon noir, mantelet dont, par parenthèse, chaque cerceau était rabattu et gonflé comme un ballon sur celle qui le portait.

Gervais, malgré les ténèbres, avait reconnu la vieille demoiselle Flippart; il se rangea de l'autre côté du mur et se mit à suivre les deux ombres.

Les épaules blanches de Françoise n'étaient pas tellement couvertes par le rabat de sa calèche que le vent n'en dérangeât parfois l'ampleur et que la lune, y tombant d'aplomb, n'en fît ressortir la forme. Gervais demeura plus que surpris du long chemin que prit son fantôme. En arrivant au tournant d'une petite rue, ou plutôt d'une ruelle, les deux femmes pressent leur marche ; la demoiselle Flippart pousse le ressort d'une porte, Françoise entre, et le guichet se referme au même instant.

—Singulière façon d'entrer ! pensa le jeune homme.

La maison devant laquelle il se trouvait était bien autrement singulière. A la lueur d'un faible rayon de lune Gervais lut, sur un écriteau peint au premier étage de cette bicoque : RUE DE L'ESPÉE DE BOYS.

Quelques poules étaient endormies sur le fumier de cette rue. La petite église Saint-Médart coudoyait ce pan du mur, le cimetière suivait sa prolongation.

Bien que le jeune menuisier crût entendre alors quelques bruits étranges et sourds, l'apparence obscure de la maison n'avait rien qui pût lui faire croire à d'autres mouvemens nocturnes que ceux qui signalent communément cette heure. Quelques lumières échancraient pourtant les croisées du second étage.

Un faible roulement de carrosses ébranlait aussi le coin de la rue Mouffetard.

Tout à coup de grands éclats de voix frappèrent les solives de cette vieille maison. Il y eut d'abord comme un mugissement confus, puis des cris horribles auxquels succéda bientôt un profond silence. Gervais effrayé tâtonna le ressort caché de la porte sans réussir à le trouver...

De violens coups de maillet, un murmure confus et de nouveaux cris se firent entendre.

Le menuisier fit alors sauter la serrure, et rencontra les marches d'un escalier sale et glissant.

Arrivé au premier étage, la crainte de se voir surpris le retint. Il ignorait par qui la maison était habitée; tout ce qu'il put découvrir, c'est que la fenêtre de ce palier sombre donnait en plein sur un endroit éclairé. Cet endroit, dominé par l'arrière-corps de la maison, était le cimetière Saint-Médard.

Et quelque vif que fût le désir de Gervais

d'entrer dans la pièce voisine d'où partaient ces bruits étranges, il demeura.

La fenêtre à laquelle il se trouvait accoudé formait alors le cadre du singulier tableau qu'il avait devant les yeux. Le petit cimetière Saint-Médard lui parut aussi étincelant qu'une émeraude sous un lustre : mille lumières s'y croisaient dans tous les sens, les unes tremblotantes et maigres, d'autres actives, rayonnantes; et ces dernières portées au poing de grands laquais, parmi lesquels il y en avait plusieurs à la livrée de M. de Montgeron. Un d'eux plantait force gros cierges dans cette terre avec la béche à l'entour d'une tombe, laquelle était formée d'une grande dalle de pierre de liais, inclinée, reposant sur quatre dés de marbre, et tournant le dos au grand autel Saint-Médard. Le menuisier distingua une troupe de mendians déguenillés, prétendus muets, rachitiques, boiteux, paralytiques et convulsionnaires avant tout; la plupart s'étendant sur le dos dans toute la longueur du tombeau miraculeux, en

défaisant leurs jarretières et leurs haut-de
chausses avec une sorte de frémissement
respectueux et de familiarité risible, pendant
qu'un prêtre de cette église leur psalmodiait
un psaume en faux bourdon, quelques uns faisaient à la lettre la cabriole sur le saint-sépulcre,
pendant que d'autres se donnaient et recevaient d'affreux coups de bûche dans l'estomac.
Les cris aigus, les râlemens sourds et compri-
més par une oppression déchirante, les yeux
retournés dans leur orbite, enfin les soubre-
sauts diaboliques et l'écume qui sortait de
toutes ces bouches fanatiques avaient quelque
chose de tellement hideux que notre bon Gervais en suffoquait. Et néanmoins on voyait là
de vieilles dames qui faisaient cercle autour de
ces misérables, avec un air de componction
édifiante et de satisfaction mystique. Quelques
jeunes femmes et des filles se donnaient en
spectacle sur ce tombeau d'une si indécente
manière que les yeux les moins chastes en
auraient été blessés. Nombre de malades s'y

étaient fait, ce soir-là, porter en chaises avec
leurs potences, leurs matelas et leur charpie,
ce qui donnait à ce pacifique enclos l'air d'une
ambulance militaire. Pendant que des dames
fort étrangement agenouillées faisaient toucher des livres et des linges aux dés du saint
tombeau, d'autres s'arrachaient quelques
vieux rabats et des guenilles qu'un juif prétendu janséniste vendait comme reliques du
bienheureux diacre *mort dans l'odeur d'un saint
appel* (au futur concile). Gervais entendit crier
très-distinctement :

*Divers moyens de rogner les ongles au Pape,
par un frère appelant de la communauté des
Tailleurs.*

Et aussi :

*Le Catalogue raisonné des miracles de saint
Pâris, vérifié par messire Esprit Faydea, seigneur de Marvilles et lieutenant-général de la
police du royaume.*

Peu à peu, et sans devenir pour cela un

esprit fort, le provincial s'accoutumait à ce spectacle ; sa malice picarde s'enhardissait, il allait même jusqu'à entrevoir que quelques uns de ces frénétiques suspendaient leurs mouvemens pour laisser passer les dames avec une courtoisie toute charmante, que d'autres n'étaient peut-être pas aussi impotens que l'indiquaient leurs béquilles. Et toutefois le trouble de son imagination était alors si réel, que sa raison se trouvait près de succomber.

Le brouhaha de cette parade grotesque finit pourtant par cesser ; les lanternes de papier peint et les torches de résine s'acheminèrent par la petite rue ; les brouettes et les porteurs s'éloignaient, pourtant, ce jeune homme n'en demeurait pas moins cloué dans sa rêverie au rebord de cette fenêtre.

Tout à coup il entendit de nouveau à l'intérieur ces bruits confus dont il aurait voulu pénétrer la cause. Ils retentirent avec plus d'éclat, et pour cette fois c'était au dessus même de sa tête. Cette fois aussi Gervais reconnut des cris et des sanglots étouffés, suivis de murmures étranges et de chuchotemens. Il y avait encore eu des coups de maillets fortement et distinctement appliqués.

Arrivé au troisième étage, Gervais, prêtant l'oreille, entendit au milieu du bruit une voix de femme. Son sang se glaça, car il crut la reconnaître cette voix.

Le silence qui suivit avait quelque chose de lugubre, et Gervais avait les doigts crispés à la rampe de l'escalier.

Encore! encore! murmurait la voix, mon doux Jésus! Dieu d'amour, que c'est doux! Je voudrais mourir ainsi! Je veux mourir, mourir, mourir.

Et Gervais, qui perdait la tête en entendant de telles paroles, se sentit animé d'un sentiment d'irritation si jalouse et si poignante qu'il en appliqua sur la porte un vigoureux coup de pied.

La porte s'ouvrit.

Ce qu'entrevit alors ce jeune homme aurait

sans nul doute glacé le plus hardi courage. La
chambre circulaire où il entra de la sorte était
vaste et tendue de noir, haute de voûte et
inégale de sol, de manière à former vers le
fond une sorte de monticule. L'espace par lequel on arrivait à ce théâtre, qui n'était autre
qu'un calvaire, était caillouté de forts galets
teints de sang, lesquels conduisaient à une
sorte de renfoncement obscur dominé par une
croix...

Sur cette croix une femme était clouée.... Le
sang jaillissait de ses mains diaphanes au feu
des cierges; autour d'elle il y avait des hommes
à genoux. La croix et la femme ne pouvaient
manquer d'être reconnues par Gervais, et
certes lorsque le menuisier avait confectionné
cet instrument de piété, il ne soupçonnait
guère que le sang de sa maîtresse devait le
rougir!

Que l'on s'imagine donc l'étrange effroi du
jeune homme en voyant Françoise étendue
sur ce gibet! Ce corps palpitant et demi nu

était celui de Francoise, ces cris de torture et
de langueur étaient les siens! Françoise elle-
même semblait prendre à tâche de le regarder,
chaque fois qu'elle répétait *Pâris!* et *Pie Jésu!*
Car ces deux mots formaient tout le vocabu-
laire de cette étrange martyre : c'était son
hymne et son oraison jaculatoire! Encore une
fois Gervais ne comprenait pas pourquoi ce
crucifiement nocturne, cette croix et ces assistans; Gervais se crut visionnaire, endormi,
ensorcelé. Cependant on chantait des hymnes,
les spectateurs se frappaient le dos et les mains
avec des cailloux, d'autres couchés à terre
y recevaient des coups de bûches atroces ;
après quoi on leur dansait sur le ventre et la
poitrine, tandis qu'ils s'efforçaient de crier
continuellement : *C'est doux! c'est doux! Encore! encore!* C'était une confusion de cris, de
sanglots et de cantiques; tout cela seulement
était d'un aspect mille fois plus sauvage que
celui du cimetière. Les genoux de Gervais
tremblaient sous lui...

Si cette crainte subite d'un péril affreux ou d'un piége inconnu faisait battre ainsi le cœur et les artères de Gervais, jugez un peu de la stupeur des assistans quand ils le virent entrer échevelé et furieux dans leur salle! Gervais courut sur-le-champ à la victime, en renversant tout ce qui s'opposait à son passage. On le retint, car il avait blessé M. Carré de Montgeron qui s'occupait à cathéchiser un médecin belge... Je ne sais alors par quel pouvoir sa résolution faiblit et ses bras fléchirent; il ne dit plus un mot, resta pensif dans la plus cruelle et la plus indéfinissable des extases. Devant ce beau corps de jeune fille mat et blanc comme le plâtre, ces lèvres fermées et ces membres en convulsion, l'œil du jeune homme nageait stupide et hagard; à peine eût-il alors prêté quelque attention à ceux qui l'environnaient. Cette *pieuse* assemblée (qui n'avait rien pourtant des premiers fidèles des catacombes!) se composait généralement de conseillers au parlement de Paris, perruques fidèles et croyantes, attendu que le miraculeux diacre avait jadis eu monsieur son père à la seconde chambre des enquêtes. Madame la baronne de Montmorency se trouvait dans ce grenier dégoûtant, et à chaque contorsion de la pauvre martyre, dont la sueur et le sang couvraient les membres, madame de Montmorency faisait un grand signe de croix. Le pauvre Gervais remarqua surtout avec un étonnement naïf une grosse petite mignonne de quarante à cinquante ans, qui était *appelante* au futur concile, et qui se nommait madame Chagriat de la Geslays. Elle se faisait donner force coups de bûche sur le ventre, en disant avec un ton de volupté langoureuse et d'ingénuité enfantine : *Nanan ! c'est du nanan ! ze veux du nanan ! touzou du nanan ! nanan* (1)!

Quand Gervais entra, un courtisan moqueur faisait la remarque que cette belle fille, ainsi élevée en croix entre M. l'abbé Jacquemont et

Historique.

M. Pâris de Montmartel, ressemblait au Christ
entre deux larrons. Cette singulière fête (car
par quel mot signaler les réjouissances de ces
gens-là?) donnée dans la maison même du
vieux chevalier Folard, à la demande du vic
torieux M. Carré de Montgeron, fier de sa démarche près de Louis XV, avait attiré un immense concours de monde; et en tête de ces
enthousiastes on apercevait le chevalier. C'é-
tait vraiment un spectacle digne de pitié que
celui qu'offrait ce vieillard, parfaitement dis-
tingué d'ailleurs par ses connaissances et la
dignité de son caractère, l'Homère des écrivains stratégiques, le père de cet art illustré
depuis par les Ségur, les Turpin, les Maize-
ray, etc., recherchant lui-même le ridicule
avec toute la ferveur d'un néophyte et d'un
enthousiaste! couché de la façon la plus grotesque au milieu de cette chambre, et se faisant sauter sur le ventre par un gros sacristain
de Saint-Médard, en soutane et en surplis!
Le bon chevalier avait aussi reconnu Fran-

15*

çoise et rendait grâce à Dieu de ce qu'il nommait sa *conversion.* Quelques vieilles femmes du quartier égayaient aussi de leur visage, aussi raide que leur parure, cette jonglerie mystique. Le malheureux menuisier ne comprenait rien au but de cette torture. Françoise, la belle Picarde, eut un instant le regard tourné vers lui. Alors aussi Gervais eût baisé chaque trace de son martyre ; Gervais, s'il n'eût été retenu, aurait tendu pour elle ses bras au marteau ; il pleurait et rugissait comme un lion. Un si admirable corps de fille cloué sur une croix faite par lui! Et puis à quoi bon cette agonie? Pourquoi ces stigmates, à la vue desquels les spectateurs applaudissaient à deux mains ? surtout, pensait le jaloux Gervais, pourquoi cette nudité devant un si grand concours de messieurs? Et qu'est-ce qu'un saint qui donne des convulsions aux gens qui n'en ont pas, au lieu d'en guérir ceux qui en ont ?...

En dépit de ces réflexions judicieuses de

Gervais, les psaumes continuèrent, et l'abbé Jacquemont jeta une pincée de la sainte terre à l'assemblée. A cet instant aussi, Françoise, qui en avait reçu sa part, rendit le sang par la bouche avec tant d'impétuosité et d'abondance, ses douleurs, ses cris et ses convulsions furent tellement horribles que Gervais, prêt à tout entreprendre, brisa un carreau de la fenêtre, et cria ; AU GUET ! AU GUET ! PAR ICI, MESSIEURS DU GUET !... PAR ICI !

A ce cri la confusion devint affreuse. Les ministres du nouveau culte, épouvantés d'un tel cri, et craignant sans doute que le corps du délit ne fût trop facile à saisir, se mirent à s'enfuir pêle-mêle, et s'échappèrent par les deux portes. Gervais resté seul monta sur le Calvaire, abattit la croix, en détacha la belle Picarde, et colla ses lèvres sur les siennes...

Françoise le remerciait du regard et de la voix.

— Françoise ! s'écria Gervais d'un air exalté,

veux-tu me prendre pour époux sur cette croix?

— Essuyez ce sang, mon cher pays, reprit la martyre en riant, ce n'est que du jus de mûres...

— Comment! c'est cela que mademoiselle Flippart appelle une condition!

— Oui, monsieur Gervais, et sachez que je suis entrée dès ce soir dans la troupe des malades de saint Pâris!

— A trente sols par jour! mon jeune ami, reprit la demoiselle Flippart, qui bassinait d'eau fraîche les bras de sa protégée; c'est à présent le seul métier où l'on fasse bien ses orges! Mais fuyons bien vite, car les sergens de M. de Marville s'en vont monter... Remettez votre mantille et votre capuchon, Françoise, voici vos trois écus! Mais votre mantelet, Françoise! Songez bien que pour la semaine prochaine il faut vous ménager, ma chère enfant, vous ferez la femme hydropique!

IV.

Le Miracle.

Le lendemain, Gervais, sans savoir comment, se trouvait à la Bastille.

— C'est une méchante affaire! jeune homme, lui disait en toussant un petit vieillard qui entrait dans la chambrette où le roi venait de lui payer son gîte, avec un fort bon déjeuner. Le petit vieillard était coiffé d'une

vieille perruque rousse; il avait un rabat très-
sale, et de plus il était décoré d'une large
croix de Saint-Louis.

— Vous avez renversé l'excellent conseiller,
M. Carré de Montgeron; vous avez de plus,
mon cher frère, injurié le culte des saints, et
calomnié les convulsions, en appelant le guet
à votre aide... Vous avez...

— C'est-à-dire, monsieur le chevalier, que
le guet, en me voyant m'enfuir avec un grand
manteau, m'aura pris pour quelqu'un des vô-
tres, car il m'a fort obligeamment conduit en
chaise jusqu'ici. On veut à toute force que je
sois un convulsionnaire; peste soit de votre
monsieur Pâris!

— Fort bien! jeune homme, j'aime à voir
que vous ne désespérez pas. Ne désespérez jamais, *vos qui spirituales estis*, dit le Psalmiste.
Voyez, j'ai couvert aujourd'hui mon chef de
la perruque du bienheureux martyr, et je
porte en surplus le rabat du vénérable M. Quesnel. En un mot, mon frère, continua le vieux

chevalier en baissant la voix, j'attends aujour-
d'hui un miracle, un miracle pour aujourd'hui
même !

— Celui de ma délivrance !...

— Oui, oûi, cher frère, reprit le Végèce
français, de plus en plus sourd; aujourd'hui,
23 mars, expire la neuvaine que j'ai faite pour
retrouver ma traduction de *Polybe*. Vous l'avez
dit, c'est ce miracle que j'attends. J'ai fait vœu,
vis-à-vis le grand autel de Saint-Médard, de
laisser un très-bon legs à qui me la rendrait
cet après-midi...

— Pour l'amour de Dieu, monsieur Folard,
cria de tous ses poumons le jeune ouvrier,
souffrez que je répare un peu le désordre de
votre perruque...

Et Gervais, qui ne voyait en effet que ce
moyen de couper court aux doléances inévi-
tables du chevalier, s'apprêtait à démêler
plaisamment la sainte toison...

Heureusement que la porte de sa chambre

s'ouvrit. C'était le deuxième lieutenant de monsieur le gouverneur, qui venait pour lui demander poliment ses nom et prénoms.

— Gervais Robin, dit hardiment le jeune homme; je suis menuisier, au quartier de l'Estrapade; en tout cas, Monsieur, je connais la consigne, ajouta-t-il, et je voudrais à cette heure n'avoir jamais quitté le service du roi dans le régiment de Picardie.

En même temps Gervais porta gaîment la main à sa tempe droite, balança ses hanches, et marqua le pas comme un fantassin.

— Bravo! bravo! jeune homme, s'écria le vieux chevalier de Folard en tenant sa canne haute. — Par file à droite, marche! — Alignement, — ordre profond, — colonnes d'attaque. Pardieu! jeune homme, Moïse est le grand capitaine que j'ai le plus en estime; car il avait découvert mon système *des colonnes*, ce brave Moïse! A présent rompez les rangs... Voici dix écus que je te baille, dit-il à Gervais; tu vas être libéré ce soir, car j'aurai dans une heure ton laisser-passer, signé de monseigneur le garde-des-sceaux.

— Inutile, monsieur le chevalier, inutile, répondit l'officier de la Bastille; car je ne sais... comment vous le dire... mais c'est vous qui devez remplacer le prisonnier...

Le lieutenant exhiba en même temps au vieux chevalier une large pancarte où pendaient les sceaux de monseigneur de Vintimille [1], archevêque de Paris, et de monseigneur le cardinal de Fleury. Il y était dit que les saturnales qui avaient lieu depuis trois ans, au sujet du diacre Pâris, devaient cesser, et que, sur le rapport de monseigneur de Vintimille

---

[1] Charles-Gaspard du Luc de Vintimille, archevêque de Paris, succéda en 1729 au cardinal de Noailles. Il était arrivé à Paris le 24 mai, et n'avait reçu le pallium que le 7 septembre. Tout le temps que dura le ministère pontifical de M. de Vintimille, il ne désira rien tant que d'apaiser les haines et les persécutions dont le schisme fournissait le prétexte.

« Ma foi, Monseigneur, écrivait-il au cardinal de Fleury

au roi, M. de Montgeron et le chevalier de
Folard devaient être détenus trois jours au
moins à la Bastille, par ordre de Sa Majesté.

Le vieux chevalier frappa du revers de sa
main le papier fatal ; puis, se relevant non sans
une sorte de fierté :

— J'avais reçu mon épée du roi ; s'il la demande, c'est que peut-être monseigneur de
Fleury ne ferait pas mal de s'en servir contre
les Anglais.

L'arrivée d'un nouveau détenu, M. de Mont-

« (22 mai 1731), je perds la tête dans toutes ces malheureuses
» affaires qui affligent l'église. J'en ai le cœur flétri, et je ne
» vois nul jour de soutenir cette bulle en France que par un
» moyen, qui est de nous dire, à la franquette, les uns et les
» autres, ce que nous entendons par chacune des propositions
» de la bulle *Unigenitus*, etc., etc. »

Il mourut à Paris, le 13 mars 1746, à l'âge de quatre-vingt-
onze ans. « N'est-il pas étrange, disait l'abbé de Grécourt, que
ce prélat, dont l'existence a été si tourmentée, ait pu la pro-
longer jusque-là ? Voilà un fier miracle pour lui, qui ne
croyait pas aux nôtres ! » (On sait que Grécourt croyait à ces
jongleries.)

                                        — *Note de l'Auteur.* —

geron, ne contribua guère à égayer le dépit
du chevalier. M. Carré de Montgeron était
pourtant à cette heure le conseiller le plus dé-
frisé du monde parlementaire; il avait la démarche et le ton d'un homme qui sent trop
tard combien le ridicule compromet un magistrat. Toutefois il se donnait des airs d'im-
portance et d'exigence, en disant bien haut
qu'il ne s'expliquait pas comment le parlement
ne venait pas le réclamer, lui, messire Basile
Carré de Montgeron, conseiller en la deuxième
chambre des enquêtes.

Le vieux chevalier était depuis un quart
d'heure enseveli dans le monologue le plus sérieux et le plus réfléchi du monde avec la perruque du bienheureux Pâris, qu'il venait d'ôter
et à laquelle il demandait un second miracle,
indépendamment de celui par lequel il comp-
tait retrouver sa traduction de Polybe. Quant
au menuisier Gervais, il étudiait sans doute en
pareil moment l'architecture décorative de
son appartement; car il regardait d'un œil aussi

luisant que celui d'un furet la boiserie de cette
immense chambre... Malheureusement l'archi-
tecte du lieu, par un art infernal, avait uni le
solide à l'agréable, et toute évasion était impossible à espérer. M. de Montgeron ne se mettait guère en peine de consoler le guerrier
sexagénaire que M. le cardinal de Fleury confi-
nait avec lui dans cette prison. Ce conseiller,
assis à une petite table de bois de chêne, était
agréablement occupé à transcrire quelques
vers et quelques malicieuses pensées jansénistes
dont l'idée lui était venue en route. Il faut vous
dire que M. de Montgeron était renommé pour
ces aimables plaisanteries. Que ce fût lui ou
d'autres qui fissent ses vers, toujours est-il
qu'il en *poussait* parfois et de soupirans et de
tendres au possible. Lorsque la porte de la prison s'ouvrit de nouveau, le conseiller se re-
lisait à lui-même cet anagramme :

A ANGÉLIQUE.

Oui, ce qui me plaît entre mille
Et rend mon cœur dévot, saintement amoureux,
En purgeant la délectation de mes feux,
C'est que dans votre nom je trouve l'Évangile [1].

La belle Françoise, qui survint alors, entra toute gauche et tout effarée jusqu'à son vieux maître; elle rougit en voyant Gervais.

— N'ayez aucune crainte de vos effets, mon cher pays, dit-elle à l'oreille du jeune garçon;

[1] Comme on peut s'en convaincre par l'à-propos suivant, ces vers ne valent pas ceux que M. de Boufflers écrivait à la même époque, et à l'occasion des mêmes disputes mystiques, à une jolie janséniste :

> N'allez pas, comme avec Quesnel
> En usa le Saint-Père ,
> Me faire un procès criminel :
> Je crains votre colère...
> Pour mes tendres réflexions
> Quelle heureuse fortune
> Si de cent *propositions*
> Vous en acceptiez une!
>
> (*Chansons* , éro.)

j'étais là quand le guet vous vint happer, et je me suis assurée moi-même, de bon matin et d'après votre désir, de la seule chose que vous vouliez leur soustraire. Ce coffret vient de m'être remis en mains propres par la demoiselle Léonarde, votre hôtesse... Prenez-le; il est encore enveloppé dans la nappe où vous l'aviez mis.

Gervais, sans donner aucune sorte d'attention à ce que lui remettait Françoise, la fit asseoir le plus près possible de l'oreille du chevalier.

— Monsieur, cria Françoise, je viens vous dire que je me suis en vain essoufflée auprès de vos anciens amis, M. le comte de Saxe et M. le maréchal de Boufflers, pour que vous ayez votre grâce. Je vous apporte dans ma jupe un casaquin lâche et des jupes à la vigneronne. Maintenant écoutez bien, cria-t-elle de son mieux; c'est moi qui vais endosser votre vieux pourpoint et me coiffer de votre vilaine perruque. Vous passerez avec ce

panier de légumes sous le premier guichet et
tout ainsi sous le second. Quand vous serez
au troisième, vous laisserez tomber quelques
uns de vos fruits, ce qui fera rire et courir les
porte-clés, et vous vous esquiverez vivement
par l'avant-cour...

— Palsambleu! Françoise, cela est renou-
velé de la prise d'Amiens, folle que tu es!

> Amiens, superbe frontière,
> La reine de l'Amiénois,
> Ville magnifique et pas chère,
> Puisqu'on l'a prise pour des noix.

Mais, ma chère Françoise, je n'en ferai rien,
moi le chevalier de Folard, qui combattais à
la Cassine de la Bouline, en 1688! Entends-tu
cela, Gervais, mon garçon? Ventrebleu! que
j'avais alors bon air avec mon pourpoint à
la housarde, l'épée courte en pointe et le
bonnet d'ours! j'aurais fait trembler l'ennemi
rien qu'à me voir passer. Et dire qu'à l'heure

qu'il est me voici dans une chambre de la Bastille! Holà! que cherches-tu donc, toi, dans
ce coffret-là?

Gervais regardait alors en effet et sans savoir pourquoi le coffret du Havre sous toutes
ses faces.

— La peste ou le feu exterminent les cof-
frets! cria de nouveau Folard; sans cette in-
vention damnée j'aurais encore de quoi con-
fondre mes ennemis et mes critiques avec mon
manuscrit de Polybe!... Imagine-toi, Françoise, qu'un damné sergent auquel j'avais ex-
pressément recommandé mon coffre me l'a
perdu. C'était en 1600...

— Mon excellent maître, dépêchez-vous,
vous n'avez pas un moment à perdre, dit
Françoise, en le pressant de s'habiller en jupe
à la vigneronne.

— Puisque vous refusez, voisin, dit alors
inopinément M. le conseiller de Montgeron,
qui guettait l'heure de sortir comme un chat
une souris, j'aurai moins de scrupules : don-

nez-moi le casaquin, mademoiselle Françoise ;
voici deux pistoles pour vos beaux yeux...

Mais il fallut le geste d'assentiment que
donna son maître pour que Françoise con-
sentît à cette substitution si contraire aux
intérêts de M. de Folard. Ce ne fut pas à coup
sûr l'incident le moins comique de cette journée
de prison que de voir le conseiller s'évader
dans un accoutrement semblable. Le vieux
chevalier riait tout haut de cette toilette, qui
lui eût pourtant servi à gagner lui-même la
clé des champs. Telle était la singulière préoc-
cupation de ce vieillard, que, sur la fin de sa
vie, il éprouvait une crainte perpétuelle de ce
qu'on pourrait dire de lui; il se croyait calomnié dans l'opinion, critiqué et maltraité
de toutes les manières. Le ridicule de ses démarches extatiques en faveur de M. Pâris l'effrayait peut-être en secret sur le jugement
qu'on devait porter de ses *Mémoires* militaires.

— C'est cela, s'écria-t-il; ici du moins je
n'entendrai pas croasser l'envie, je ne serai

16*

pas contraint de lire les discussions du colonel Guischardt contre mon système de colonnes; je vivrai content, et l'on dira de moi :
Non sibi, sed patriæ vixit. Les malheureux!
s'ils devaient pourtant profiter de ma capti-
vité pour renouveler leurs attaques et leurs
pamphlets contre ma tactique! Ne me cache
rien, Françoise; as-tu reçu pour mon compte
quelque brochure de Prusse ou d'Allemagne?
Le roi Frédéric, je le sais, m'en ménage une...
Ah! si j'avais seulement mon premier *Polybe*
surchargé de notes à la marge, et qui devait
me faire admettre dans la société royale de
Londres! Par saint Quesnel! je donnerais
bien mes deux pensions du roi à qui le re-
trouverait!

— Le pauvre homme! murmura Gervais,
examinant son maudit coffret d'un air désolé;
il a la tête aussi vide que ce diable d'étui-là.

— Et voilà pourtant ce qu'il nous rabâche
depuis deux ans, dit Françoise attirant à l'é-
cart le jeune menuisier; mais en dépit de tout

cela, c'est un brave gentilhomme. Avec un
faible patrimoine et quelques écus sur la cassette du roi, M. le chevalier trouve le moyen
de faire du bien. Si tous ces jongleurs ne lui
avaient pas renversé la cervelle.... J'aime à
croire que ce qui doit se passer ce soir au cimetière de Saint-Médard achèvera de le dé-
griser. M. de Vintimille en doit faire clore les
portes !...   •

— Silence ! silence ! cria d'un ton lentement
solennel le prisonnier, tirant d'un tiroir de
table un grand almanach...

— Silence, Françoise, c'est aujourd'hui le
quatrième jour, le jour auquel expire ma neuvaine au bienheureux ! Allume-moi ces deux
chandelles que voici devant l'appui de la fenêtre. Bien cela ! Fais-moi donc le plaisir de
t'agenouiller à côté de moi... Bien encore !
Maintenant soulève délicatement de tes deux
doigts la perruque sainte et mets-la sur ce
grand bâton qui se trouve fiché au mur assez
convenablement. Françoise, tu es vraiment

fort intelligente! Je te veux du bien ; prends ce petit livre et récite avec moi les litanies que tu sais.

Sancte Jansenius,
Sancte Cyran, } *Ora pro nobis.*
Sancti Arnaud et Quesnel, orate pro nobis.
BEATE PARIS, ora pro nobis.

Le chevalier et Françoise, son acolyte, venaient à peine de prononcer cette dernière invocation, qu'elle fut suivie d'un violent coup de marteau.

— *Miraculum!* s'écria M. de Folard en voyant les éclats du coffre que l'impatience long-temps contenue de l'examinateur Gervais venait de réduire en mille pièces...

—*Portentosum miraculum !* s'exclama-t-il de nouveau en ramassant à terre un petit cahier oblong et très-sale.

— La voici, ma délicieuse traduction de Polybe, la première, l'ancienne, la seule véritable que j'ai écrite à l'arrivée de M. de

Vendôme! J'en reconnais chaque bribe et chaque rature. *Beate Paris*, vénérable bienheureux, c'est à vous que je la dois!

— Par exemple, il est joli celui-là! s'écria Gervais; c'est grâce au coup de marteau par lequel j'ai fait jaillir le double fond! Figurezvous, ma payse, que c'est mon père, ancien sergent, qui gardait ce maudit coffre dans sa chambre depuis dix ans. « Tu vas aller à Paris, me dit-il un jour, prends ce coffre que je n'ai jamais ouvert, et porte-le au chevalier de Folard. Par ma foi, j'avais oublié le nom de votre maître, et de plus le coffre était vide... Voilà une fière occasion, mademoiselle Françoise, de lui demander vos gages et la permission de notre hymen...

— Robin... Pierre Robin, sergent... grommelait le vieux chevalier qui avait l'air de lire ce nom sur l'une des pages... C'est bien à lui que j'avais confié cela!

— Et voilà son fils, M. Gervais... Voyez donc, monsieur le Chevalier!

A ces derniers .mots que Françoise jeta de
toute la force de son larynx, dans le cornet du
sourd, la physionomie du vieux Folard s'illumina joyeusement.

— Gervais Robin, dit-il au jeune homme,
écoute bien ce que je m'en vais te dire : Il y
a, dans ces pages que je viens de retrouver, un
certain billet de Frédéric, qui peut-être ne te
sera pas indifférent. C'est une pension viagère
de trois mille livres. Seulement, pour la toucher à ma place, mon bon ami, il te faut partir ce soir même avec Françoise pour Berlin...
Tu feras mes baisemains à Son Altesse de Prusse,
Frédéric, et tu reviendras bientôt, n'est-ce
pas? Quant à Françoise, j'aime à penser qu'elle
croit à cette heure aux miracles du bienheureux Pâris?

— Au feu! au feu! cria Gervais en se précipitant alors sur la perruque fichée au bâton du
mur.

Effectivement, c'était une des chandelles

allumées en guise de cierges qui venait de
mettre le feu à la sainte relique.

Le chevalier de Folard , qui recevait en cet
instant même ses lettres de grâce que le maréchal de Richelieu venait de solliciter et
d'obtenir pour lui, eut la douleur de traverser
sans perruque le guichet de la Bastille, et
quand on pense que la perruque qu'il avait à
regretter était celle du saint diacre , on croira
fort aisément qu'il aurait préféré ne pas sortir
de prison au prix d'un pareil sacrifice !

Ce soir-là, par un clair de lune magnifique,
Gervais était serré comme sa valise dans le
coche de Sainte-Menehould qui devait le me-
ner à Berlin , et Françoise , la belle fille, dormait complaisamment sur son épaule... Lorsque le coche pesant longea les murs de
Saint-Médard, Gervais ne put se défendre d'un
étonnement singulier, en voyant la solitude de
cet endroit. Le cimetière était régulièrement
fermé , et deux hallebardiers le gardaient
comme un prisonnier d'état. Gervais crut dis-

tinguer pourtant une perruque qui sauta le
mur assez prestement après avoir déposé sur
la porte de derrière un large écriteau. Le menuisier pensa peut-être que c'était la perruque
du bienheureux Pâris qui revenait s'agiter,
gambader et se convulsionner elle-même au
cimetière de Saint-Médard. Comme il y avait
à ce même endroit un embarras de moellons
et de pavés, Gervais avança la tête en dehors
du coche et lut très-distinctement ceci :

> De par le roi, défense à Dieu
> D'opérer miracle en ce lieu.

Et il reconnut M. de Montgeron sous cette
perruque qui fuyait au grand galop, la perruque et le conseiller, l'un portant l'autre.

Cette épigramme termina la guerre et les
miracles jansénistes.

LA

FIOLE DE CAGLIOSTRO.

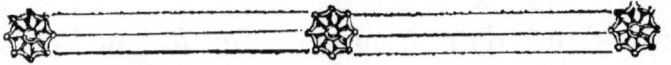

I.

Sans vouloir décider si ce dix-huitième siècle dont on vous a tant parlé eut foi dans tout ce qu'il entreprit, on peut avancer, du moins, hardiment, qu'il essaya de toutes choses, pareil à ces malades usés passant indifféremment par le vice et par la vertu pour arriver à quelque crise bienfaisante. Cette société moqueuse qu'on a trop vantée, comme trop salie, voyant qu'elle allait finir, commença par se moquer d'elle-même avec le sang-froid d'un homme ruiné qui mêle ses cartes et refait en core son brelan, quand il reste seul à la table de jeu et que tout son bien est englouti. Et, d'abord, elle se laissa engluer aux promesses de Law, dont la friponnerie ministérielle est encore un doute, au milieu de toutes les friponneries du temps. Elle tendit sa main à la magie, aux contes bleus, aux présages. Imprudente, et se dépensant elle-même en futilités, quand elle eût pu revenir à des idées justes, elle fut enthousiaste pour des folies et dédaigneuse pour des raisonnemens. Le sourire glacé et sardonique de Voltaire semblait la poursuivre jusque dans ses jeux; Laclos lui-même ne parvint pas toujours à la distraire. Que vouliez-vous faire d'un siècle blasé, s'arrêtant lui-même et tout d'un coup au milieu de ses admirations et de ses sympathies les plus vives, pour admirer les tours de force d'un bateleur, ou les forfanteries d'un charlatan? Quel homme pouvait se faire entendre de cette foule toujours ivre? quelle femme, belle et chaste, eût pu s'en faire respecter? Ce siècle eut pourtant deux bien grands noms, deux noms de démon et d'ange, Marie-Antoinette et Mirabeau!

En vérité, l'on ne conçoit pas que toutes les femmes d'alors ne se soient pas réglées sur ce grand et noble modèle, tous les hommes sur ce génie ardent et fougueux. C'étaient là deux admirables ambitions, l'une de devenir un homme de tribune, car à part sa fièvre et ses erreurs, le nom de Mirabeau est un poids écrasant pour nos petits hommes d'aujourd'hui; l'autre d'imiter la grâce et la majesté naïve de cette jeune reine si belle, si noble, si calomniée! Eh bien! cette époque insouciante passa gaîment au milieu de ces deux contrastes si opposés, sans guère prendre garde aux enseignemens profonds qu'ils lui donnaient. Mirabeau, le doigt levé, prédisait vainement une chute inévitable; la reine donnait en pure perte à la France le spectacle de son innocence céleste et de ses vertus attrayantes.

La plus vieille de toutes les dames d'atours de la reine, madame la comtesse de Briars, venait de prendre sa retraite; elle habitait son hôtel de la rue de Braque , au Marais, hôtel voisin des Archives de France. La comtesse de Briars avait cinquante-trois ans. Malgré les ressources ordinaires

Pour réparer des ans l'irréparable outrage.

On ne pouvait lui accorder qu'un compliment, banal s'il en fut, et presque injurieux, osons le dire, c'est qu'elle avait dû être fort bien dans sa jeunesse. Ses joues, recouvertes dès le matin de l'incarnat le plus vif et le plus rosé, ses falbalas solennels et constamment empesés comme sa personne, son coqueluchon noir singeant la mantille, et ses petites mitaines à ruche jaune, tout cela, il est vrai, formait bien le portrait d'une belle dame d'atours (et certes ! ce n'étaient pas les coups de pinceau qui lui manquaient), mais, en s'approchant, tout le travail de la palette se faisait sentir : on comprenait les difficultés de l'artiste à se *composer* chaque matin de la sorte, et le chevalier Richettini, son neveu, disait qu'il ne connaissait pas d'émail ou de pastel qui valût sa tante.

Avec cela, tous les goûts d'une très-jeune fille, la danse, les promenades, les soupers, et les bals de l'Opéra. Comme la comtesse n'était plus dame d'atours, elle n'avait plus qu'elle à parer. — Richettini, avancez-moi ce fauteuil-là. Richettini, mon épingle bleue ; je veux mon vertugadin, Richettini ; mon Dieu ! que vous êtes gauche à me relever la calèche de mon manteau ! Et mille autres reproches adressés heure par heure à ce pauvre chevalier Richettini.

Richettini, bien qu'il fût Italien et neveu, deux grandes causes de servilité, trouvait parfois le métier très-fatigant. Il ne pouvait être à la fois coiffeur, habilleur, lecteur de sa tante et son neveu, par dessus le marché !

17

Neveu, c'est-à-dire ce quelque chose de criard ou de soumis, de libertin ou de sage, suivant l'occurrence, état malheureux, bâtard quand il n'est pas relevé par la perspective nécessaire de cent mille livres de rente!

C'était à peu de chose près ce que la comtesse devait laisser à Richettini. Des actions en bon papier sur la Compagnie des Indes, des contrats sur la ville, et de plus, un magnifique palais dans la *Strada Nuova* de Gênes, telle était l'indemnité promise par la mort de sa tante à Richettini.

Vous avez pu voir que ce pauvre jeune homme achetait bien cette fortune par le plus ennuyeux service que puisse faire un mortel. Promenades obligées, soirées d'office, opéras de commande, et réceptions d'étiquette, tout concourait à fausser la vie du chevalier dans son principe, car ce Richettini était le plus joyeux compagnon qui se fût vu. Je suis loin d'approuver les gens qui boivent; mais je dois dire que Richettini buvait comme un dieu. Il

faisait des armes comme la chevalière d'Éon,
mettait sa poudre comme le comte de Saint-
Germain, perdait mieux que Lauzun et était
même en train d'écrire un dictionnaire à l'u-
sage des jeunes gens de famille qui désiraient
se *perfectionner* dans la science du monde,
comme il le disait lui-même dans une sorte
d'*avant-propos à son ouvrage.*

Je ne puis résister au désir de vous faire
connaître l'un des articles de ce code curieux,
code apocryphe pour nos jours, s'il n'eût pas
été revêtu des signatures de tous les roués de
l'époque, roués si défigurés depuis dans les
vaudevilles de la rue de Chartres.

« *Montre*. — Un homme qui est versé dans
la science délicate du monde doit se former
dans deux ans une boutique d'horlogerie d'un
grand prix ; et, pour cet effet, il doit observer
de ne jamais venir à l'heure indiquée au rendez-vous d'une femme qu'il a subjuguée ; la
prudence veut qu'il arrive toujours avant ou

17*

après : *avant*, il feint d'avoir beaucoup attendu
et part : *après*, l'heure propice est passée, on
vient l'après-midi ou le soir ; la dame éclate,
on s'excuse sur l'horloge de son quartier, on
entend ce que cela veut dire, et l'on dit à l'a-
moureux auquel on présente une montre : Tenez, Monsieur, vous serez peut-être plus exact
une autre fois. Ce manége, *répété tous les huit
jours*, meuble la boutique et entretient le
commerce avec l'étranger. Si on veut aussi
négocier en pendules, etc., etc. »

Vous voyez, d'après ce paragraphe, de quel
genre était la science de Richettini. Ses prin-
cipes n'étaient guère fardés, et il devait avoir,
en les mettant en pratique, toutes les montres
de Baillon ; s'il n'était pas exact en fait de
rendez-vous, après cela, il eût fallu lui envoyer le carillon de la Samaritaine.

Aussi, je vous assure, était-il assidu à ses
rendez-vous galans : c'était le plus grand
mauvais sujet de son quartier. La comtesse de

Briars, sa tante, le trouvant spirituel et fort
bien fait, avait beau l'attirer dans ses salons ou
plutôt l'y clouer les jours d'étiquette, Richettini pirouettait sur le talon gauche et finissait
par échapper à sa bonne tante pour aller
courir le jeu du *faro*, jeu vénitien fort en
vogue à cette époque chez certains seigneurs,
entre autres le duc d'Orléans qui perdait,
dit-on, de mauvaise grâce. Richettini, à son
entrée dans cette société, avait déjà tous les
vices et toutes les qualités de son temps:
brave, élégant, débauché, joueur, fripon de
mots, pipeur de sophismes, discoureur élégant dans un salon, alchimiste, bouffon dans
cet autre, recherché et décrié dans tous. Il
plaisait, effrayait, amusait et se laissait enchaîner lui-même facilement au milieu de ces
vices parisiens, lui Génois, qui n'avait pas
même vu Gênes, sa patrie : Italien à la façon
de Casanova, de Sbrigani et de Cagliostro!

J'oubliais de vous dire que dans ces temps,
c'était grande fureur que le nom de Cagliostro

Le signor Alessandro Cagliostro [1], faisait retrouver à Paris, tout ce qui s'y perdait, santé,
vertus, or potable, papiers de famille, am-
bassade et capitaineries. On ne devenait grand
homme que par la baguette de ce digne Italien. Les femmes et les vieilles femmes surtout croyaient à l'omnipotence de ses remèdes.
La comtesse de Briars n'était pas sa moins fidèle adepte; elle avait trop de bonnes raisons
pour cela! Cagliostro s'entendait à faire de
l'or; il guérissait et rajeunissait au besoin. Or,
la comtesse était à la fois avare, coquette et
très-légèrement boiteuse; défaut que je suis
loin de blâmer dans ma tante, ajoutait Richettini, moi à qui l'on reproche d'aller de *côtés*
et d'autres! Ce misérable jeu de mots avait
fait fortune, parmi les roués, dans un temps
où l'on faisait fortune avec un mot.

---

[1] De faux mémoires ont paru sur cet aventurier. Il n'y a
qu'un homme qui possède en France des matériaux certains à
ce sujet : c'est le spirituel arrangeur des *Mémoires* de madame
de Créquy.

Richettini voulait mieux , lui ; il voulait ce que voulaient alors les gens ruinés, s'enrichir avec de l'or. Il étudiait la chimie tout le temps qu'il n'étudiait pas les cartes ; il allait chez le seigneur Cagliostro , à titre de compatriote ; il avait pour cette science un respect profond, une superstition d'Italien. La société de sa tante entretenait du reste Richettini dans ses idées ; la tante, comme dans la commédie du grand Cophte de Goëthe , ne parlait que du *maître*; c'était sous ce nom que l'on désignait Cagliostro. Les alambics formaient alors le complément nécessaire aux meubles d'une jolie femme ; les fourneaux et la chimie vous prenaient à la gorge en passant par un boudoir.

Celui de la comtesse était follement bigarré de tous ces appareils fantastiques. De longs récipiens où bouillonnait encore une liqueur bleue, des fioles, des trépieds d'argent, des livres hébraïques semés de losanges en papier d'or ; en un mot tout le luxe de doctrine

déployé par les adeptes. Jugez comme les soirées de la comtesse et ses concerts devaient
être gais avec cette odeur de soufre !

Par une de ces soirées pédantes et tristes,
un valet annonça : — Le chevalier Richettini.

Il y avait là bon nombre de figures ridées,
surannées, prétentieuses. Elles se penchèrent
toutes vers le chevalier dès qu'il entra.

Il entra ; mais cette fois morne et le regard
hébété, ses manchettes froissées et sales ; il
avait perdu au jeu et sur parole quatre mille
florins !

Quand il entra, le caquetage de ce grand salon tomba tout d'un coup. Il devenait évident
que rien dans ce cercle ne pouvait lutter d'intérêt avec cette pâle figure. Pour lui, il alla
droit à sa tante, qui ne l'avait jamais vu si
bouleversé : il lui demanda de vouloir bien
renvoyer tout ce monde, afin de causer tous
les deux. La comtesse pensa que son neveu
était fou... Ce qui aurait pu la confirmer dans
cette opinion c'est que tout le temps de la

soirée, il s'obstina à garder le silence le plus
profond, et qu'il s'assit sur un sopha, vis-à-vis
d'elle, en la regardant avec des yeux extraor-
dinaires. La première pâleur une fois passée,
Richettini était vraiment redevenu ce qu'il
était, le plus beau et le plus élégant cavalier
de ce vieux salon, salon d'abbés et de douairières au ton grave, salon qui avait l'air ce
soir-là de parler latin. La comtesse de Briars,
parée plus que de coutume, pour ce jour de
réception, n'était certes pas la dernière à reconnaître le charme de Richettini. On eût dit
que ce personnage tout de broderies et d'in-
solence, posait devant une galerie avide de le
contempler. Quand ils furent tous sortis, et
qu'il ne resta plus qu'eux seuls dans ce salon,
la vieille folle et le jeune fou se regardèrent.

— Vous ne me dites rien, Richettini?

— Palsambleu! ma tante, fit-il en sortant
tout d'un coup de sa rêverie, vous avez là des
mouches à damner un cardinal...

— En revanche, vous avez, vous, des manchettes à faire croire que le roi de pique déteint.

— C'est-à-dire que vous me croyez joueur...

— Je vous crois mon neveu, Richettini, c'est-à-dire un fou, dont je ne vois que les bonnes qualités ! Vous êtes étourdi, mais brave, honnête, j'en suis sûre...

Richettini fronça le sourcil à ce mot.

— Oui.

— Honnête, reprit la vieille dame, et plus honnête peut-être que tous ceux qui vous entourent. La jeunesse d'aujourd'hui, Richettini, ne venez pas m'en parler. Des gens de noblesse qui gaspillent leur âme et leur bravoure ! Des teneurs de brelans, des seigneurs à petites-maisons,

Talons rouges à pied, poudre sur leurs habits,
Pincés comme un danseur et d'eux seuls très-épris,
Verbiageant sur tout, tantôt pour, tantôt contre ;
Leur premier compliment est d'étaler leur montre :
Meuble cher et pesant, où cent colifichets
Montrent moins un seigneur qu'un marchand de cachets.

N'est-ce pas, Monsieur, que j'aurais dit
la commédie? continua la vieille dame en se
redressant. Ah! c'est que je n'ai pas toujours
habité ce vieux Marais. A Versailles, à Trianon,
je jouais des proverbes avec le chevalier de
Boufflers! il me fit un jour un quatrain sur un
coquetier de porcelaine que je marchandais; ces
vers coururent la cour... Les seigneurs d'alors
étaient vraiment bien aimables! Mais vous ne
m'écoutez pas, chevalier! Allons, je le gage,
vous avez quelque chose à m'avouer; vous
avez encore perdu à votre jeu du faro?

La vieille dame disait ainsi, parce que ce
damné Richettini regardait de temps à autre
la pendule avec dépit. Enfin, n'y pouvant plus
tenir, le chevalier se leva et lui dit : — Je
perds quatre mille florins.

Si cet aveu, qui coûtait beaucoup à Richettini, ne charma guère sa tante, du moins
faut-il convenir qu'elle ne laissa rien percer
de son dépit. Tout au contraire, elle approcha
doucement son fauteuil de celui de son ne-

veu, et d'agaceries en agaceries en vint à cette
phrase, qu'elle laissa tomber précise et solen-
nelle : — Il n'y a plus que ce parti-là, Richettini !

Le chevalier prit son chapeau et se leva.

Or, le parti que proposait la comtesse était
bien simple : c'était de se faire épouser par
son neveu.

— Richettini, vous aimez le jeu; eh bien!
jouez ma fortune. Vous aimez le luxe, Richettini; eh bien! parez de fleurs le vieil hôtel;
amenez au Marais toutes les chaises et les carrosses de Versailles. Ah! vous jouez quatre
mille florins, mon petit gentilhomme de neveu! eh bien! je mets tout à votre disposi-
tion; mes écrins, mes contrats, mon palais
de Gênes; car vous aurez un magnifique palais, Richettini! un palais italien comme votre
nom, un palais de fresques, de statues, de
belles dorures! tout cela si vous m'épousez,
Richettini! Je suis vieille, boiteuse, très-co-
quette et un peu méchante. J'aurais contrarié
constamment vos goûts si vous m'eussiez

épousée à quinze ans. Eh bien! à l'heure qu'il est, je vous passerai tous vos caprices; je serai une femme bonne, soumise et presque jeune pour vos goûts. Vous n'aurez pas à craindre avec moi les infidélités de mon vieux temps. Épousez-moi donc, mon petit neveu Richettini.

Une autre voix disait à l'oreille du chevalier:

—Tu seras le plus malheureux des hommes si tu épouses la comtesse, ta tante. Elle sera aussi longue à te faire son héritier, que tu seras vif à désirer sa mort. Elle est acariâtre, te contredira dans tes goûts. Je t'avertis, en outre, qu'elle a de fausses dents et qu'elle abuse du rouge. Elle a toujours autour d'elle, tu le sais, une meute de chiens et de présidens qui font des vers. Dans sa jeunesse elle était quelque peu vive, et ne manquait pas d'amans; elle t'entretiendra à satiété de leur mérite; elle voudra aussi tout régler chez toi, et ce sera un enfer. Maintenant, décide-toi.

Le pauvre jeune homme manquait de de-

venir fou. Jamais forteresse, contre-escarpe ou
circonvallation du temps de Vauban, n'avait
intimidé le courage d'un homme plus que
l'*ultimatum* de cette tante implacable, car c'é-
tait bien un *ultimatum* véritable, et il y eut
mieux : ce projet s'enracina tellement dans
l'esprit de la comtesse, qu'elle lui écrivit en
dernier ressort : « Mon cher neveu Richettini
» m'épousera, église des Petits-Pères, le tren-
» tième du mois prochain. »

Elle ajoutait : « J'ai été ce matin chez
» le seigneur Alessandro Cagliostro. Il m'a
» promis de me rajeunir, et m'a fait voir son
» cabinet, qui est charmant. Que je désirerais
» avoir seize ans pour chanter : *Les jeux*, *les*
» *ris et les amours*, ou encore :

> J'ai la marotte
> D'aimer Marotte.

» ou même encore : *Amant novice en amour.*
» Songe donc, Richettini, que je pourrai,

» rajeunir! Songe que le seigneur Alessandro
» a fait de ces choses! Ce sorcier est un habile
» homme, va!

 » Adieu! je te couvre de baisers, cher petit
» mari.

» Ta tante et femme,

» JULIA DE BRIARS. »

Richettini tomba malade sérieusement. Sa
bourse était à sec, ses amis fort avares ou ruinés, ce qui arrive presque toujours. Il avait
joué contre un Italien, qui le menaça, à
Versailles, de l'étrangler ou de le faire mettre
en prison, si, dans quinze jours, il ne lui
rendait ses quatre mille florins. Richettini
voyait bien que sa tante voulait le prendre
par famine; il ne lui arrivait plus rien de
sa terre de Senlis, où elle s'était pour ainsi
dire retranchée. Les idées les plus sinistres
l'assiégaient. Lui qui poursuivait alors le
grand-œuvre, il demandait en vain des inspi-

rations à ses alambics. A moins de prendre du poison, comment pouvait-il s'en tirer!

Il y avait bien une autre voie; mais elle répugnait au chevalier... Outré de dépit, exaspéré, il s'en alla pourtant, après boire, trouver un jour le comte de Cagliostro.

Il avait pour habitude, depuis quelque temps, de passer ses matinées entre le comte et son élève.

Le comte n'y était pas; Cagliostro, ce jour-là, avait été prié d'une orgie au Palais-Royal, où tous les laquais et les princes du sang de l'endroit buvaient follement à sa santé. Richettini ne trouva dans le laboratoire ou capharnaüm du maître qu'un petit homme à figure rousse, aux cheveux crépus, au teint de brique, et qui, dans ces demi-ténèbres, réalisait assez la figure démoniaque de Melmoth. Il arrangeait des petites bouteilles étiquetées de vert, de blanc et de rouge, les cachetait, les enveloppait et les classait par ordre avec soin. Cela n'empêchait guère que

le désordre du laboratoire ne fût grand; le
chevalier se heurtait à des crocodiles et à des
phoques; il effleurait de sa basque d'habit
brodé les squelettes et les fossiles du seigneur
Cagliostro. Ce Cagliostro qui vous faisait souper
avec votre aïeul, ou votre bisaïeul à votre
choix, avait une collection de morts fort
agréable. On y voyait de charmans petits
squelettes auxquels il ne manquait que la livrée et les rubans roses de page; d'autres,
fiers et grands, fort capables de tenir encore
en leurs cinq doigts osseux la redoutable épée
de M. de Guise ou de Jean Chandos. Plusieurs
belles dames en cire, endormies dans de
vastes et longs fauteuils, faisaient illusion à
un tel point dans ce grand laboratoire, qu'on
se penchait assez volontairement pour aspirer
le souffle parfumé de leur haleine. Un énorme
jambon et une bouteille de vin de Xérès bien
coloré, prouvaient du reste assez en faveur
des besoins physiques du comte. Le comte de
Cagliostro, énorme mangeur, devait dîner

seul à cette table servie, que l'élève regardait de temps à autre avec une grande convoitise.

Richettini demanda au petit homme le nom d'une poudre qui brûlait dans un grand trépied orné du portrait de Mercure Trismégiste.

— C'est la poudre de projection, l'élixir qui brave la faulx du temps, la fiole divine des métamorphoses, dit l'élève.

— Et vous avez sans doute d'abondans résultats de ces belles expériences ?

— Le matras qui est sur le sable régénérateur contient six millions ; ce creuset sous cette lampe électrique renferme un diamant de quatre pouces de diamètre; celui-ci...

— Passons, dit Richettini, ce que je viens demander n'a rien de commun avec ceci. Il me faut...

Le chevalier n'osa d'abord achever.

— Vous faut-il, Signor, de l'aqua-tofana pour votre maîtresse, des pilules pour votre

singe, ou du laudanum pour endormir un re-
cors ? Avez-vous besoin de l'*aria melliflua*,
de l'*aria sympathica,* ou même de la substance
prolifique ? Dites un mot et je mets sens dessus dessous tout ce cabinet ; car je vous aime,
signor Richettini, et depuis quelque temps,
pardieu ! il y aurait conscience à ne pas vous
aimer, vous êtes si triste...

— Triste, mon pauvre Alcandre, soupira
Richettini cabriolant alors au milieu de vingt
fioles différentes ; Alcandre semblait attendre
que la baguette de Richettini le fixât. Ce petit
homme, valet du plus habile escroc de la terre,
avait, je vous l'ai dit, une figure des plus in-
grates. Richettini en prit texte pour lui demander ce qu'il ferait dans le cas suivant :

— Il s'agit, dit-il, d'un mariage, et d'un mariage avec la plus horrible créature de l'univers.
Imagine-toi, Alcandre... Mais tu n'as pas besoin d'imaginer, tu n'as qu'à te regarder toi-
même dans ce miroir. Que ferais-tu s'il te
fallait épouser une figure comme la tienne ?

18*

L'élève fit une grimace de mandarin.

— Oui, reprit le chevalier, s'il te fallait te marier contre ton choix, échanger ton bonheur contre les caprices d'une femme exigeante, coquette, édentée... Que ferais-tu?

Le petit homme, hochant la tête pour toute réponse, tira d'une armoire une fiole jaune. Un léger craquement de porte se fit entendre au seuil du capharnaüm.

— Alerte, dit l'élève, en refermant l'armoire précipitamment, et en regardant à peine l'étiquette; alerte, Monsignor; voici du monde qui nous vient. Sortez par la tapisserie que voilà, et n'oubliez pas ce que je vais vous prescrire, Chevalier....

Il se pencha et parla bas quelque temps à Richettini.

— Bon, dit le jeune homme, deux ou trois gouttes..... je m'en souviendrai. Motus!

Il lui jeta trois louis d'or, c'était ce qui lui restait.

.   .   .   .

Le surlendemain il y avait foule à l'église des Petits-Pères. Richettini, en frac mordoré, donnait le bras à sa tante. La cérémonie achevée, la vieille comtesse l'emmena triomphalement, et quand ils furent remontés dans la voiture :

— Richettini, dit-elle, l'émotion me suffoque. Un si beau cortége, une si belle fête ! je crois que je vais me trouver mal. Elle demandait de l'éther.... Richettini tira sa fiole.

— C'est cela, se dit-il, avec de l'opium j'en serai quitte. Ce diable d'élève m'a dit que cela faisait dormir long-temps !... Tenez, chère tante, dit le chevalier en présentant la fiole magique à ses lèvres....

La comtesse en avala deux gorgées. Le sommeil, un sommeil complet étant survenu, Richettini la fit porter dans sa chambre, tira sur elle les rideaux du lit, puis il remplit ses poches de bijoux et d'écrins, renvoya ses gens, et partit le soir même, en prenant la route de Gênes...

— Au palais Serra! criait-il dans la voiture, en ronflant sur ses coussins....

II.

Ce fut par une admirable soirée de printemps que le chevalier Richettini entra dans
Gênes. A cette heure, vraiment, les trois
dômes de Carignan resplendissaient à la lune
du côté de la vieille ville; la tour du palais et
celle de St-Laurent, élégantes et blondes sous
les reflets de l'astre, contrastaient avec la flo-

tille noire du Môle-Neuf et les fortifications
grisâtres des collines. La *strada nuova*, grâce
aux longs jardins qui la bordent, embaumait
cette nuit douce du parfum de ses orangers;
ce fut dans cette rue que le chevalier descendit.

Oui, dans cette rue, et dans ce palais Serra qui
semblait un grand tombeau, car personne ne
lui répondit d'abord. Ce fut un vieux majordome, à demi-sourd, qui en tira les verroux
au chevalier.

— Qui demandez-vous?

— Mon palais, car c'est le mien, répondit
Richettini.

Le vieillard pensa que c'était quelque seigneur en train de battre les rues peut-être
même les passans.

— Ce palais, Seigneur, est celui de la comtesse de Briars... Il appartenait jadis au vieux
sénateur Richettini, dont elle a hérité, il y a
douze ans. Voilà pour l'instant tout ce que je
puis vous dire, et maintenant, continua-t-il

en fermant la porte au nez même du chevalier,
je vous engage à dormir chez vous...

— Insolent!

Mais comme il lui sembla nouveau de de-
meurer la nuit close à la porte même de ce
palais devenu le sien, le chevalier en prit bientôt son parti. A quelques pas de là, une jalou-
sie entrebâillée semblait échancrée par une
gerbe de lumière. Richettini s'approchant
avec soin entendit un bruit de dés. Il n'en
fallut pas davantage pour qu'il montât.

C'était un *casino* d'assez mauvaise apparence. Il y avait là des gens de toute sorte,
des coupe-jarrets, des banquiers juifs, et de
pauvres seigneurs au frac taché; l'Italien
Richettini ne se trouvait pas de trop au
milieu de ces gens-là.

On parlait, on s'injuriait, on jouait et l'on
tenait vraiment dans cette chambre des paris
fort animés. Le croupier du pharaon ne leva
pas même les yeux quand le chevalier entra en
faisant craquer le parquet sous ses bottes pou-

dreuses. Il était vêtu en postillon plutôt qu'en
seigneur. Parcourant d'un coup d'œil la table
de jeu et les figures qui la composaient, il se
trouva soudain au niveau de cette société. Il
joua bientôt avec une élégance qui charma ce
monde de joueurs; il joua et perdit cinquante
louis fort galamment. On se demandait dans
tous les recoins du casino quel pouvait être
cet homme. La cantatrice ne fut pas un quart-
d'heure sans entamer conversation avec lui.

Richettini, chose étrange! se délassait par
le jeu de la fatigue du voyage. Neuf heures sonnant, il songea pourtant qu'il était temps de rega-
gner le palais Serra et de s'y installer cette fois
en maître et prince. Son costume, je l'ai dit,
était loin d'être splendide. Quelques joueurs en
faisaient des gorges chaudes. Ce signor, disaient-
ils entre eux, nous a tout l'air d'un fripon. Il
parle génois comme nous, et n'est pas connu
d'un seul *fachino* de Gênes. C'est peut-être un
espion!

Ce mode de conversation en *a parte* déplut

à Richettini. Comme il était homme à se *des-siner* pour un mot, il mit l'épée à la main dans la salle même, ce qui fit pousser un *fa* aigu de terreur à la cantatrice ; mais Richet-tini n'en continua pas moins et en déconfit jusqu'à trois d'une manière très-prompte. Les Génois se turent, le trouvant aussi fort à l'es-crime qu'au pharaon.

— Décidément, c'est un gentilhomme, dit l'un d'eux, un brave Génois qui chasse de race ; il manie l'épée mieux que Floretti, notre bravo.

Richettini regardait alors la cantatrice qui avait poussé ce si beau *fa,* quand le chevalier se mit en garde. Elle était belle, si non jeune, majestueuse autant qu'une reine de tragédie. Richettini l'ayant priée de chanter un air de Cimarosa à ces messieurs, elle s'y prêta vo-lontiers.

Richettini, prenant congé des joueurs, ar-riva bientôt au beau palais bâti par l'archi-tecte Allessi Galeazzi. Il s'en déclara, à l'aide de son contrat, le propriétaire. Si vous ne sa-

vez pas ce qu'est un palais de Gênes, quelle ma-
gnificence d'ornemens et de dorures s'y trouve
prodiguée, ce n'est pas moi qui me chargerai
de vous le dépeindre. Contentez-vous de savoir
que le salon de ce palais, l'un des plus beaux
qui soit en Italie, avait reçu de M. le président
Dupaty le nom de *Palais du Soleil*, dénomi-
nation fastueuse qui ne dut pas coûter beaucoup à M. Dupaty dont toutes les phrases dé-
tachées ont l'air d'être dorées sur tranche.

C'était surtout par l'élégance des propor-
tions, la richesse des glaces, des flambeaux, des
meubles, l'or des colonnes et des broderies,
que ce salon du palais de Serra se faisait distinguer entre tous les salons de Gênes. Je vous
laisse à concevoir l'étonnement du vieux
majordome qui se vit sommé par Richettini d'obéir et d'introduire humblement le
chevalier. Richettini fatigué se jeta sans plus
de façon avec ses bottes sur les coussins.

—Signor, dit le majordome, je vous ferai observer que ce sopha vaut à lui seul mille louis.

Il disait vrai. C'était un fort beau sopha, incrusté d'arabesques en nacre, et qui possédait à son milieu un médaillon ovale de moyenne grandeur, *Cupidon aîlé,* par le Valentino.

Richettini le congédia en le priant de lui faire grâce à l'avenir de ses remarques. La vie de l'Italien Richettini dans ce palais fut vraiment une grande impiété. Il buvait, jouait, et ne s'embarrassait guère de ce que les philosophes et les professeurs de rhétorique nomment le *remords.*

Les sciences occultes avaient d'ailleurs en ce temps une telle influence qu'elles dominaient les consciences fortes ou faibles, et qu'à force de s'entretenir avec les esprits, on finissait très-réellement par n'en avoir plus peur. Cela était si vrai, que le chevalier qui, un siècle avant, eût écrit à Rome pour demander sincèrement une indulgence, écrivit à Cagliostro.

Il lui écrivit et causa dans sa lettre *comme un ami s'épanche dans l'âme d'un ami.* Il lui peignait sous les couleurs les plus tristes la mort de sa tante, finissant par dire qu'il ignorait en tout point celui qui l'avait causée. Cagliostro répondit au chevalier qu'il lui conseillait de rester à Gênes, puisque, dans sa lettre, il lui écrivait que l'air y était excellent; que pour lui, Cagliostro, les affaires devenaient plus embrouillées, et que quelque jour il irait peut-être lui demander un asile. Le comte Cagliostro terminait en envoyant *à son ami* quelques secrets et remèdes, tous écrits de sa main, dans un petit livre doré.

Le chevalier, le soir dont je viens de parler, lisait quelques uns de ces aphorismes.

« *Rajeunir*, c'est-à-dire prendre ou recou-
» vrer une nouvelle forme. *Pour rajeunir*, il faut
» d'abord rendre visite *au maître*, ou cor-
» respondre avec lui par lettre : il se charge,
» moyennant 3,000 livres, de vous *renou-*
» *veler* si bien que l'on prendrait une mère
» pour la sœur de sa fille, un père pour son
fils, etc., etc.

— Voilà qui doit causer une terrible confusion dans les familles, pensa le chevalier; et dire que ma tante passait son temps à se laisser prendre à ces sots contes! Je crois volontiers à la puissance de mon maître et ami Alessandro pour beaucoup de choses; mais, *per Dio!* moi dont les cheveux tombent déjà, je ne crois pas à ma rénovation future. — Antonio, continua-t-il nonchalamment, m'as-tu servi à souper?

Antonio, premier valet-de-chambre du chevalier, répondit que l'on dressait en ce moment dans le grand salon du palais.

C'était là une des idées singulières de Richettini, de souper souvent lui tout seul, dans ce grand salon doré. Il faisait cacher des musiciens sous un rideau, et se plaisait à écouter leurs plus belles symphonies. La musique italienne, la plus forte passion de ce jeune homme après le jeu, lui semblait divine dans cet appartement si riche, si illuminé! Tout ce qu'il avait vu dans sa vie parisienne, sa vie d'opéra et de concerts, semblait alors se refléter dans les grandes glaces de ce magnifique salon : c'était une illusion, un miroir magique! Imaginez Leporello, la serviette sous le bras, attendant le bon plaisir de son maître, chantant à demi-voix ou très-haut, sérieux ou fou, suivant le bon plaisir de son seigneur : tel était l'or-chestre que s'était créé Richettini. Ce soir-là, le chevalier, tout pensif, écoutait à peine la musique. C'était pour lui l'un de ces momens de vide et de désenchantement profond, momens de souvenirs et de remords peut-être où l'on invoque en secret la solitude. Il fit un signe : on se tut. Antonio souffla les bougies, et Ri-chettini, rentrant dans sa chambre, monta d'un pas morne le premier degré de son es-trade. Cette estrade conduisait à un lit en fu-seaux dorés, riche meuble de la renaissance. Des figures étranges de dryades et de génies en couvraient les colonnettes. Le chevalier fut très-surpris cette fois, en tirant les rideaux, de trouver sur ce lit une jeune fille.....

Pour elle, elle n'eut garde de se déranger. Sa petite tête posait sur l'oreiller comme si ce lit eût été le sien. Ses cheveux, du plus beau cendré et sans poudre, étaient noués sur sa tête avec un ruban lilas ; sa robe était blanche, ses petits brodequins verts. Ainsi couchée, elle ressemblait à cette princesse nonchalante de Perrault, éveillée après un sommeil de cent ans.

A un second geste plus empressé du chevalier, elle se leva précipitamment et ne put, en se levant, dissimuler toutefois une imperfection sensible : elle boitait légèrement.

Sa taille n'était pas contrefaite malgré cela. Ses yeux étaient grands, fendus en amande.

—Eh bien, Chevalier, dit-elle avec une petite voix douce.

Le chevalier, hébété, la regardait.

—C'est moi, Chevalier, ne me reconnaissez-vous pas? je suis votre femme.

Richettini, se frottant les yeux, s'avisa de lui demander son nom.

— Julia de Briars, dit la demoiselle à robe blanche.

— Ma tante! s'écria Richettini. Vous avez pris, petit masque, le nom de ma tante!

—Je ne prends point le nom d'une autre; je suis Julia, la tante du chevalier Richettini... Et votre femme, Monsieur, reprit-elle impérieusement.

Richettini recula.

— Est-ce un fantôme? une apparition? murmura-t-il bien bas en la parcourant des pieds à la tête. Dans tous les cas, elle ressemble trait pour trait au pastel qu'elle m'a donné dans le temps, ce fameux pastel où elle est peinte en Diane à l'âge de sept ans, et que j'ai mis quinze à seize fois en gage! Vive Dieu! mais c'est une fort jolie femme que ma tante! Elle boite aussi bien que feu madame de Briars!

Cette remarque confirma bientôt, et comme malgré lui, le chevalier dans une aussi lugubre persuasion. Il ne lui resta plus aucun doute lorsqu'elle lui dit :

— Savez-vous bien que cela est d'un effet merveilleux, Richettini? Et rien que deux gorgées! deux gorgées de cette céleste fiole! Seulement, Monsieur, j'ai été bien surprise à mon réveil! Vous n'étiez plus là, et je vous cherchais partout. Je cassais, pour vous appeler, toutes mes sonnettes. Mon oncle le commandeur voulut alors me mettre au couvent. Grand merci, répondis-je, grand merci, mon bien bon oncle. Je veux mon chevalier, mon charmant époux Richettini!

Par exemple, reprit-elle en considérant le chevalier, je vous trouve bien changé, mon bon ami. Il me semble que vos cheveux étaient moins courts et vos dents beaucoup plus blanches. Et puis, dites-moi, comment se fait-il que vous soyez ici à minuit? Il n'y a que les bourgeois et les tuteurs qui se couchent à cette heure-là! Minuit, Chevalier, mais c'est l'heure des rêveries! Allons donc, Monsieur, allons nous promener plutôt en barque sur le golfe, et jetez par la fenêtre ce vilain bonnet de nuit!

19*

Le bonnet du chevalier prit en effet le chemin de la fenêtre... Richettini, qui s'était fatigué beaucoup dans la journée, trouva ce tour
de sa femme très-déplaisant. Sa femme avait
beau être jolie, elle annonçait déjà un fort
mauvais caractère. Elle se mit à chanter et à faire
du train comme un enfant. Il ne pouvait concevoir d'où provenait cette étrange métamorphose. Ma tante rajeunie, et rajeunie par l'o-
pium! murmurait-il entre ses dents. Voilà de
quoi surprendre à coup sûr plus d'un sorcier,
quand ce serait le seigneur Cagliostro lui-
même!

J'oubliais de vous dire qu'à l'arrivée du
chevalier, Julia lui avait remis un coffret.
Dans ce coffret, le chevalier trouva vingt-cinq
lettres de femmes, d'amis, de créanciers,
de sorciers, de tout ce qui composait alors
la cour des d'Orléans; car le dix-huitième
siècle est tout entier au Palais-Royal. Il y
avait bien six mois que Richettini n'avait reçu
des nouvelles de France. Au milieu de toutes

les lettres, le chevalier choisit machinalement celle-ci. Elle était cachetée avec un sceau cabalistique, et Richettini ne tarda pas à reconnaître l'écriture d'Alcandre, l'élève du sublime Cagliostro. Voilà quel en était le contenu :

« Erreur, mon cher Chevalier, erreur odieuse !
« Arrêtez, s'il en est encore temps, l'effet de
« cette maudite étourderie ! Au lieu d'opium,
« je vous ai donné, par distraction, la *fiole qui*
« *rajeunit*. A l'heure qu'il est, votre tante a
« peut-être sept ou huit ans. Le seigneur Ca-
« gliostro me charge de vous dire sous le secret
« qu'il prend une part bien sensible à votre
« infortune. Il ne peut y remédier. Il paraît
« que, lorsqu'une pareille métamorphose
« réussit (et nous savons cela par le grand
« Hermès), tout ce qu'une personne a fait
« pendant sa vie première, elle le recommence
« exactement à cette résurrection. D'après
« cela, vous n'auriez guère de chances d'être

6

« heureux avec madame de Briars. Je vous
« supplie de me pardonner, ô mon cher Ri-
« chettini!

        « Votre désolé ALCANDRE. »

Cette lettre foudroya le chevalier. Il entrevit clairement que le *rarò antecedentem sce-
lestum* d'Horace allait commencer, et que le
Ciel se vengeait. Il fit de son mieux pour que
Julia n'en vît rien, et se garda bien de lui dire
qu'il avait voulu l'envoyer dans l'autre monde.
La prédiction de l'élève s'accomplissait cependant.

Le chevalier s'aperçut bientôt que Julia
était la femme la plus maussade de la terre,
pleine de coquetterie et de caprices, exigeante, malicieuse et gâtée comme une per-
ruche. Ainsi que l'élève le lui annonçait, la
vie ancienne de sa tante ne tarda pas à le
poursuivre dans la vie nouvelle de sa femme.
Le palais de la comtesse regorgea sur l'heure
de poètes et de mousquetaires à l'eau rose,

brodant à l'aiguille, écrivant et parlant toutes
les langues, et tournant en ridicule tous les
maris. Le chevalier, dont les goûts commen-
çaient à être sages, dit vainement à Julia
qu'il craignait les oisifs, les beaux esprits,
ceux qui ont tout lu et qui veulent tout savoir;
qu'il préférait causer en tête-à-tête avec elle
au lieu de s'étudier à parler sans rien dire,
à définir sans clarté et à raisonner sans
conclure. Elle lui objecta qu'un philosophe
ayant osé dire: *La vertu est un défaut d'occasion*, elle voulait, à force d'occasions, faire
rougir le proverbe. Elle s'y prit de manière
à éblouir d'abord Richettini; son salon fut
le rendez-vous des gens aimables. On y fit
de bonne musique pour de la musique française. M. de Boufflers et un petit officier
à paremens rouges et argent, nommé Dorat,
s'en venaient lui dire des vers, mais Richettini s'endormait parfois avant la fin.

Sa femme le conduisait dans les spectacles,
et lui faisait danser le mennet à l'exterminer.

Quand elle avait vingt-cinq ans, le chevalier
approchait déjà de la cinquantaine. Des rhu-
matismes l'obligeaient de recourir à Tron-
chin. La comtesse, par son caractère acariâtre
et ses goûts, le faisait mourir à petit feu. Il
eut trois duels pour sa femme, duels où toujours il fut blessé, ce qui l'affligea dans le
plus profond de son amour-propre. Bien plus,
il lui arriva de jouer et de n'avoir plus un sou
vaillant; sa femme mangeait le tout en dentelles et en folles dépenses. Il arriva alors au
chevalier de regretter vingt fois par heure son
état de neveu, et d'appeler à son aide Cagliostro pour se concerter avec lui ou son élève.
Mais Cagliostro n'était plus, Alcandre avait été
pendu, et il n'y avait plus de sorciers en titre
à Paris; Law lui-même venait de mourir
bien misérable à Venise.

Ce siècle finissait par s'éteindre, dévoré par
cette hydre appelée *philosophie*. Le chevalier
ne balança pas, et, rassemblant quelques
nippes, il dit adieu un beau soir à son riche

palais de Serra. A dater de ce moment, il se rejeta dans sa vie de joueur; mais une querelle s'étant élevée au Casino, entre Richettini et quelques parieurs, l'un d'eux en profita pour l'attendre à la sortie. Il se cacha sous la porte d'entrée et le dagua de trois grands coups de stylet, d'après la vieille méthode italienne. Richettini tomba mort en criant: *Demonio!*

Quant à la comtesse, de même qu'elle avait eu les travers d'une vie de dissipation et de plaisirs, elle en pratiqua plus tard les sévères expiations. Le couvent, cette grande ressource morale du dix-huitième siècle, la reçut. Sur la fin de sa vie elle reconquit et conserva le privilége commun à toutes les grandes dames d'alors; d'une société charmante, remplie d'indulgence parce qu'elle avait connu le monde; d'instruction et d'esprit parce qu'elle l'avait bien vu.

Le tombeau de la comtesse de Briars est à l'église dell' Orto.

CAVALCADA.

Vous êtes, sur ma parole, un homme acharné, mon prince; quand vous avez un caprice dans la tête, tous les habitans de Bedlam ne vous valent pas.

Sortons plutôt et allons acheter des gants à Bond-street...

SHERIDAN KNOWLES.

Mon amour? il donne la mort !

JEAN SBOGAR.

I.

La Troupe équestre.

—*Viva Dio!* s'écria notre guide Andréa, un tout petit homme brun, coiffé d'un turban malais, plein d'astuce et de loquacité italienne, lequel nous servait de page depuis trois grands jours dans cette bonne ville de Livourne; *Viva Dio!* nous voici donc enfin dans une ville d'Italie qui n'a pas un monument; dans

un port de mer sans basilique ni musée; dans
une ville de Turcs et de mariniers, où l'on
cause affaires au grand soleil et sous les tentes
des rues. Ici on oublie les ruines pour le co-
ton, et la tour penchée de Pise pour l'indigo!

Il disait vrai; c'est une singulière exception
que cette ville au milieu de ce grand pays de
marbre qu'on appelle l'Italie. Livourne est un
bazar ouvert aux admirateurs fatigués de Pise;
une ville sans casino, sans noblesse et sans
palais. Il est écrit que les brocanteurs vous y
poursuivront dans les cafés, les filles dans les
rues; que les grands seigneurs s'y proméne-
ront en veste, et les marmitons en frac. Après
tout, l'air de la mer y est excellent; le champagne assez français, et c'est le port d'Italie
où l'on fume les meilleurs cigares.

Au mois de juillet 1831, reprit Andréa, j'é-
tais à Livourne. Ainsi que Gil Blas de Santil-
lane, me trouvant alors de condition chez le
prince Téodoro, j'employais, à l'exemple de
cet indolent modèle des serviteurs castillans,

vingt-quatre heures de la journée à traîner mes
basques neuves sur le port, flairant les his-
toires et les pastèques, flâneur à remarquer
une tache d'huile sur la jaquette d'un rameur,
à compter les pierres de la porte Colonella, ou
à savoir le nombre d'anis de Rome dépêchés
par la première tartane.

Le prince Téodoro San-Luca ne me chargeait guère que de ses cartes de visite, de ses
achats d'étoffes et de robes persanes (dont il
raffolait, le digne jeune homme!); il me faisait aussi porter ses billets aux petites Grecques du quartier des Arméniens.

De la sorte, je tenais auprès de cette Excellence l'emploi de Juif et de messager d'amour,
honorable emploi, comme chacun sait : ven-
dant le plus cher possible mes nippes d'étoffe
et mes petites Grecques, ce à quoi il ne trouvait rien à redire, d'après le soin que j'a-
vais que le tout fût de première qualité.

Je connaissais donc mieux que personne le
prince Téodoro. Pour connaître un prince, il

faut le surprendre au saut du lit, en robe de chambre, et sans laquais. Celui-ci me recevait souvent de la sorte, peut-être à cause de mes fonctions honorables auprès de lui, et alors nous traitions de puissance à puissance, Messieurs!

Il occupait ici le grand palais qui est devant vous et que l'on appelle la Casa del Principe. C'est la résidence la plus ordinaire du Grand-Duc.

Vers la même époque, et par un temps de pluie horrible, le signor Guerra, l'écuyer, fit son entrée dans Livourne. Je dis son entrée, car celle du signor Guerra[1], en dépit de ce mauvais temps, avait d'incontestables pré-

---

[1] Guerra n'est pas un nom de convention ou un nom de *guerre*. Le seigneur Guerra est tour à tour le Franconi de Rome, de Florence, de Sienne, de Livourne, etc., etc. Il jouait en 1832 au *Tombeau d'Auguste* à Rome, emplacement qui lui avait été accordé. C'est un fort bel homme, un peu mûr, qui, par ses costumes et la majesté classique de ses poses équestres, trahirait plutôt un confident de la Comédie-Française.

tentions au grandiose. Il traversa au pas la
Via-Grande et tout le quartier du Port. Sa
troupe se composait de douze hommes, de
deux femmes, d'un dentiste en bottes à l'é-
cuyère, d'un timbalier et d'un clown. Suivait un maigre personnage à lunettes, à cheval comme les précédens, l'air profondément
rêveur et absorbé dans ses calculs. Il portait
aux deux côtés de sa selle orange, d'énormes
boîtes de forme bizarre, et de plus une immense ombrelle, en sa qualité d'artificier.

Ce cortége équestre, trempé jusqu'aux os,
chevauchait dans le plus pitoyable état du
monde; les deux femmes, ensevelies dans leur
amazone fanée, et tenant leur voile abaissé
jusqu'au genou.... Le pied de la plus petite me
parut le pied le plus mignon de la terre.

L'artificier, dont je rattachais alors les
boîtes à l'aide de quelques ficelles, m'apprit
qu'elle se nommait Cavalcada.

Un rayon de soleil descendait alors molle-
ment sur son visage... Il me parut brun, mais

20

légèrement pourpré; ses cheveux étaient re-
levés à la romaine, à l'aide d'une spadelle; la
courbe de son front était charmante : cette
fille pouvait avoir seize ans.

Au premier abord, j'hésitais à la croire Italienne. Après une Milanaise, ne connaissant
rien de plus distinctif, en fait de beauté,
qu'une Juive, je présumais intérieurement, à
voir la finesse de ce joli nez d'écuyère, que la
petite pouvait être un enfant de synagogue,
enlevée, puis enrôlée forcément dans la troupe
du signor Guerra; et je ne sais comment les
larmes m'en venaient aux yeux lorsque soudain
je la vis lever en selle le pan de son amazone,
et rattacher avec sa petite main brune, délicate autant qu'une main d'Indienne, une jarretière d'argent au dessus d'un bas de soie
rose...

Et en vérité, ce mouvement parut si naïf,
si exempt d'astuce et de coquetterie féminine,
que peu de gens, je pense, le remarquèrent,
à moins que ce ne fût le prince Téodoro, dont

je surpris les regards à la fenêtre du café en face de moi.

L'idée me vint alors, en voyant cette jarretière, que Cavalcada pouvait être Castillane, Italienne, Espagnole ou Juive : je voulus en vain me circonscrire dans ces trois types : la charmante enfant réunissait dans sa personne les grâces fabuleuses de toutes ces contrées.

D'autant surtout qu'elle se gardait bien de saluer à droite et à gauche, comme font d'un air niais les reines du cirque, elle n'avait pas d'oripeaux et de velours à sa selle. La selle de la pauvre enfant était bordée d'une frange de crotte : Cavalcada portait, en guise de mules, de vieux brodequins troués, et, dans ce costume si humble et si maltraité, elle était pourtant divine.

La troupe s'étant alors arrêtée au détour de la grande rue, et la pluie venant à recommencer, j'eus quelque peine à la retrouver, perdue qu'elle était dans un nuage de fumée.

20*

Elle venait d'allumer elle-même son petit papelito [1], comme une véritable fille de Bohême.

Quand elle partit au galop, il se fit un grand silence... et bientôt je n'entendis plus que le bruit .de la mule blanche et celui de son rosaire aux lourdes médailles d'argent.

— *Animo!* avait-elle dit à sa haquenée luisante de pluie en lui faisant faire une gracieuse courbette.

Pour le signor Guerra, habillé en Manlius, affermissant son casque romain et tendant son parapluie, il ne cessait de dire aux curieux attroupés :

— *Ecco la bella! il fiòr Cavalcada!*

Ce jour-là fut vraiment un jour fantasque. Le soleil perça la nue au moment où la troupe rentra dans l'auberge del Giardino.

— Allons, dit Guerra, en descendant sous la porte, maître Iræneus, aidez donc mademoiselle Cavalcada à descendre!

---

[1] Cigare roulé en papier, fort en usage à Cadix.

Mais Cavalcada se trouvait déjà, d'un seul bond, de l'autre côté d'Iræneus... L'artificier gratta tristement son front chauve, aussi rouge qu'une feuille de vigne à l'automne, contracta ses sourcils brûlés et se contenta de dire :

— Voici bien la courbe pyrorique que décrit la grande fusée Vasca, dans le livre du savant Sélig!...

Puis, s'approchant de la jolie fille, il tira d'une petite sacoche du blé cuit et une tranche de stracchino [1].

— Ma douce élève, continua-t-il, prenez donc garde! votre amazone est trempée, et nous n'avons pas de feu dans nos chambres. Ne voulez-vous pas mon manteau ?

Iræneus, si vieux et si chétif qu'il fût, le digne Allemand! se débarrassa de sa cape bleue pour en couvrir l'écuyère, à qui personne ne parlait.

, Fromage de Milan.

— Dînons, reprit Guerra, et réchauffons-nous, mes fils. Avant tout, tenez-vous prêts pour lundi. Je m'habille en Vespasien, et Cavalcada sautera les cinq barrières. *Musica! violini!*

Et le timbalier, conjointement avec le dentiste, porteur d'une clarinette, donna, au seuil, un concert effroyable de mémoire d'homme. Les écuyers, avec leurs trompettes, s'en mêlèrent, d'où il résulta un plaisir de plus pour le peuple de Livourne, et deux incisives de moins, que le commissaire du quartier se fit extraire par le dentiste pour donner le bon exemple.

II.

Un Prince.

Le dîner fini et les sorbets consommés, Téodoro dit vraiment des choses merveilleuses sur les confidens de tragédie :

Que le confident, injustement banni de la scène à l'heure qu'il est, laissait une lacune sensible ; que les assassins, les amoureux et les héros en étaient réduits à se parler seuls, ce qui rendait le monologue démesurément prolixe;

Que cette suppression du confident était injuste et dictée par l'arbitraire;

Que le confident demeurait, après tout, aussi indispensable au héros que son mouchoir;

Que le Misanthrope était peut-être le seul qui n'eût pas de confident, parce que le Misanthrope hait les hommes : encore trouve-t-il moyen de préter quinze minutes la clé de son cœur à Philinthe, tant il est dans la nature de l'homme de s'épancher.

Le prince conclut par dire qu'il donnerait tout au monde pour un confident, dût-il s'appeler Ergaste, mal porter sa toge et déclamer la tragédie impériale... comme celle qu'il avait vu jouer tout récemment à Paris.

— Un confident, s'écria le prince, un confident!

En cherchant des yeux, il fut très-surpris de se voir seul... Il demeura consterné. Sa table offrait un désordre complet; le ravage des plats était grand, les verres renversés; son argenterie avait l'air d'une armure de chevalier livrée au pillage. Les pauvres daphnéas de sa terrasse gardaient sur leur calice la mousse encore frémissante du champagne... Les bougies se mouraient aux candélabres.

Rien qu'à voir cette table et la figure défaite du prince, on comprenait que Téodoro venait de se prêter à une orgie, qu'il en avait été le maître et seigneur, tant il était triste!

Triste comme un débiteur qui se trouve seul vis-à-vis du créancier;

Triste comme un galant ramenant une bonne fortune du bal masqué, quand celle-ci ôte son râtelier, ses fausses hanches et son rouge;

Triste comme un pacha rassasié;

Triste comme un prince, enfin!... car je ne sache pas au monde d'existence moins fortunée que celle de ces hommes auxquels la fortune a dit : « Prends cette clé d'or et sois heureux;

ouvre avec elle, comme dans un conte de fée,
chaque cœur qui te résiste; courbe tout sous
le joug ou la fantaisie de la passion; marche,
incessamment trompeur ou dupé; n'oublie
pas surtout que ta vie est une médaille que
chacun a le droit de prendre et de regarder
sous toutes ses faces, que tu ne t'appartiens
pas, que ton chambellan le sait; après cela,
sois heureux! Car ta noblesse est incontestable, ton nom et tes aïeux sont gravés partout; tu as cinq palais en Italie, deux millions
en France, et l'ordre du Christ en Portugal! »

Téodoro, le triste possesseur de ces avan-
tages, Téodoro, jeune encore, soupirait pourtant cette fois profondément.

— Allons, disait-il, les voilà qui m'aban-
donnent! Ils s'en vont par ces quatre portes
dorées, ceux qui se disent mes amis, les uns
rejoindre le jeu, d'autres leurs maîtresses,
quelques uns leur lit, très-peu leurs femmes.
Ils s'en vont le cœur léger, se parlant l'un à
l'autre et se contant leurs folies, comme je fai-

sais autrefois ! accrochant, les joyeux masques
qu'ils sont ! chaque fille à leur manche,
comme une épingle; buvant à tous les comp-
toirs d'amour, sans qu'il y ait là oncle ou tuteur pour leur dire : « Vous gâtez votre habit
de prince, vous salissez vos nœuds de rubans,
mon ami! Que dira l'archiduc, votre tuteur,
et l'archiduchesse, votre tante? Prenez-y
garde, vous serez mis demain dans la gazette! »

Le prince Téodoro ne conversait peut-être
ainsi librement avec lui-même que parce
qu'il n'y avait là ni chambellan ni valets. La
toilette de cette Excellence était fort simple :
une veste blanche et un pantalon à pieds, semblable à celui d'un commis-marchand de
France; des pantoufles et un cigare de la Ha-
vane.

Il demeurait seul, froissait tous ses papiers
épars devant lui, et n'appelait pas même un
secrétaire... Pour concevoir un pareil isole-
ment, il faut savoir que c'était un parti volontaire et arrêté chez ce jeune homme. A vingt-

six ans, Téodoro se trouvait déjà blasé; il avait
en horreur sa condition et les embarras de
l'étiquette. Le soin qu'une Altesse ordinaire
apporte à la tenuė de sa maison semblait à
Téodoro un supplice de toutes les heures : il
avait pourtant une magnifique écurie, des
chevaux de main pur sang, des piqueurs et
des équipages d'excellent goût, l'archiduc,
son oncle, aimant encore mieux le voir se
ruiner en chevaux qu'en femmes.

Du reste, insouciant et paresseux, porteur
de bagues comme un prince italien, et lavant
ses mains par jour dans vingt essences, pin-
çant encore assez bien de la guitare et décla-
mant de l'Alfiéri sur un sofa; l'un de ces heureux enfin auxquels un familier lit les journaux
pendant qu'il essaie de regarder un album de
France, un singe de Goa, ou le bout de ses
babouches.

Mais l'âme, l'âme de ce jeune homme envié?
Oh! plaignez-la, plaignez-la! si vous avez
comme moi sondé sa plaie! La plaie de Téodoro

était large, âpre et dévorante, un de ces ulcères cachés à tous. Téodoro ne se mourait pas d'ennui, mais bien d'imagination.

Oui, c'était mieux que l'ennui, cet hôte si facile à tuer, cet hôte qui n'est après tout que le fléau des âmes vulgaires ! C'était mieux que l'ennui, ce qu'éprouvait ce jeune homme si altéré de caprices et d'expériences nouvelles en fait d'amour, qu'il fallait dorénavant pour lui que chaque amour eût sa forme et sa livrée, qu'on le reconnût entre mille à la faveur d'un contraste, afin que nul ne pût s'y méprendre, et qu'on dît, rien qu'à le voir passer par la ville : — Rangez-vous donc, voilà le caprice de Téodoro !

C'était, si vous le voulez, une fièvre étrange, une poétique de plaisir ardente et neuve; mais enfin, tel était le rêve de Téodoro. Il était las de cette vie uniforme de jouissances ou de réserves, las d'aimer à demi, et de ne pas aimer une fois avec son cœur; las des douairières et des princesses. Les cantatrices en robes à

queue l'effarouchaient ; la cantatrice lui semblait trop tenir de la princesse. Tous ces
amours, il les trouvait étroits, mesquins et
prévus comme les rimes d'un *libretto* d'opéra.
Jamais, enfin, Téodoro n'avait trouvé moyen
d'appliquer son cœur en l'intéressant à son
plaisir : ses plaisirs étaient surveillés et à la
gêne comme ceux des princes.

Pauvre jeune homme! Je ne sais vraiment
pourquoi on les fait toujours raides et guin-
dés, ces princes d'Italie.... La vie de ces nobles,
au contraire, est une éternelle ironie de leur
rang : ils semblent prendre à tâche de vous le
faire oublier.

J'ai vu, à Milan, le prince Litta renvoyer
ses gens, et allumer lui-même trois grands
flambeaux après souper ; j'imaginais qu'il allait s'agir d'une bouillotte : c'était pour nous
faire visiter ses écuries. Il marchait le premier,
tête découverte, et nous expliquant chaque
généalogie de cheval, arabe ou anglais, aussi
humble et aussi patient qu'un palefrenier ! Je

vivrais cent ans que je ne pourrais oublier cette politesse de grand seigneur.

Téodoro lisait beaucoup de romans, montait à cheval et faisait des armes à merveille.

Tout d'un coup, il soupira en regardant un petit soulier.... un soulier vert moucheté d'étoiles d'or.

J'ignore si ce fut pour compléter le conte de Cendrillon ; mais la pendule de ce grand salon si vaste et si triste de solitude, malgré ses flambeaux, sonna minuit.

— Je viens vous surprendre, dit une petite voix faible. — En même temps, on tirait doucement les anneaux de la portière. — Fi donc ! continua-t-elle ; votre salon sent le tabac.

— Senorita, n'as-tu pas la clé du boudoir ? Écoute cette chanson :

> Eres duena de el lugar,
> Vandolera de las almas,
> Iman de los alvedrios ;
> Lendha alhaza !

— Monsieur l'amoureux, on chante mal
ici : la fumée vous prend à la gorge.

Il déposa sa guitare.

— A propos, ils m'ont bien grondée ce matin, reprit-elle, le savez-vous, Téodoro? vous
m'aviez pris ma pantoufle.

— Voici en échange, chère amie, un médaillon de Richter, le portrait de votre esclave
incrusté en diamans par le meilleur bijoutier
de Londres.

— Le portrait, dit-elle avec une petite moue
toute galante, fait grand tort aux diamans !

III.

Le Cirque.

Si vous ne connaissez pas à Rome l'enceinte de *la Trombola*, le joli cirque choisi à Livourne par le seigneur Guerra, l'écuyer, à quelque cent toises du port, aurait pu vous en donner une idée. Ce cirque en plein air, entouré de gradins de bois, semé d'un sable luisant et décoré de belles guirlandes en papier

vert, offrait ce jour-là le coup d'œil le plus
singulier.

A l'intérieur, les écuyers de la troupe, en
habits de généraux français et couturés d'or
jusque sur leurs bottes; le dentiste en frac, et
le clown en veste rouge; l'un préparant ses
tenailles et ses cymbales, l'autre visitant d'a-
vance ses bâtons de chaise et la nacelle d'un
éléphant énorme en baudruche, qui devait
l'enlever jusqu'aux frises; puis un petit homme
claudicant comme un Cyclope à l'autre extrémité de ce cirque, et pressant de toutes ses
forces les soufflets de son réchaud, au milieu d'un tas de *courantins, caprices* et *chandelles romaines.* Ce personnage, c'était l'artificier allemand Iræneus.

Quant à l'assemblée, le seigneur Guerra,
appuyé contre l'une des barrières, s'en montrait véritablement satisfait, tout en faisant,
par contenance, de petites mèches à sa longue chambrière, et puisant du tabac dans sa

boîte de chrysocal, digne, ma foi, d'un ca-
pitoul !

Les plus belles dames de Livourne assis-
taient à ce spectacle. Il y avait là d'agaçantes
figures de bourgeoises que lorgnaient fort les
officiers de la flotte anglaise ; des juives au voile
blanc, conduites par de vieux rabbins, des
marchese attendant le bateau de Naples, et de
longs séminaristes à petits boutons violets sur
leur belle soutane noire. De temps à autre, le
clown poussait un cri rauque, sautait quatre
chaises, et retournait tomber sur les épaules
du dentiste. La grosse caisse faisait un vacarme
continu.

Je doute fort qu'il y ait eu, même sous
la Ligne, une chaleur comparable à celle
qui pesait alors sur ces pauvres écuyers...
Imaginez que le seigneur Guerra lui-même,
faisant l'écart sur ses deux chevaux et ratta-
chant sa toge de Vespasien, avait le front perlé
de sueur, comme un premier rôle de mélo-

21*

drame. Vespasien aurait donné Rome pour un sorbet!

L'assemblée subit d'abord avec une véritable résignation les premières manœuvres : l'ancienne Vénus de la troupe dansa sur le fil d'archal; les ballons d'Iræneus et l'éléphant en baudruche lui succédèrent.

En Italie, où l'on tire des feux d'artifice en plein jour, la science d'Iræneus parut pâle; Iranéus était Allemand et fort jalousé de ses camarades. Ses premières fusées n'eurent aucun succès; ses transparens crevèrent pour la plupart, et deux de ses courantins allèrent éborgner un gros médecin de Sienne: l'artificier se retira furieux.

Pourtant on le vit reparaître bientôt, et s'accouder, comme un simple spectateur, contre l'une des barrières... Un nègre en petite veste orange venait d'entrer dans le cirque, menant par la bride un beau cheval zain coquettement empanaché de rubans et de longues plumes. Les rênes étaient en laine blanche semées de roses-pompons, l'étrier fort court, de velours noir, avec un petit soulier. Ce petit soulier allait, pendant et presque honteux, battre les sangles de la selle. Tout à coup elle parut.

Elle, c'est-à-dire celle que vous devinez déjà, celle que tout le cirque se pencha pour regarder; elle était à cheval et courait... Ses cheveux rasaient les gradins et les colonnes; sa houssine coupait l'air.

Cavalcada portait un costume d'Indienne : une jupe fort courte rehaussée de plumes et de coquillages, des cercles d'or aux mains et aux pieds, un collier de corail, et une bourse à houppes de soie jaune : dans cette bourse étaient contenues de petites boules.

Tout d'un coup elle se pencha comme Atalante, jetant et ramassant ses boules d'or, les faisant briller, tourner en cercle, les chassant, les agaçant, les arrêtant à sa voix. Le cheval allait toujours : Cavalcada, penchée comme une gaze flottante, blanche et belle à fasciner tous les yeux; le cheval mouillant d'écume ses belles rênes, et le petit soulier battant toujours...

Quand vint l'entr'acte, entr'acte ordinaire à cet exercice, elle fit un signe, et le nègre frotta de blanc la semelle de son cothurne.

Cela fait, il retourna s'asseoir au rang de tous les palefreniers du cirque.

Cavalcada était devenue l'idole de cette assemblée. Les officiers anglais engageaient déjà des paris : l'un voulait qu'elle fût juive, l'autre qu'elle n'eût que douze ans, un troisième qu'elle sût lire; un quatrième se faisait écrire pour elle un sonnet par un abbé.

Au milieu de cette confusion, je pus distinguer un grand jeune homme qui lui présentait, à l'angle du manége, un verre de limonade. Ce jeune homme était habillé de noir : un bout de jabot et de petites manchettes en dentelles, vraie tenue de gentleman. Son regard exprimait alors plutôt la sollicitude que l'empressement. Cavalcada, qui lui avait

donné à tenir l'une de ses mitaines à ruche
rose, la lui reprit avec une sorte d'autorité.
Quant à lui, et jusqu'à la fin de l'exercice, il
demeura seul, le front posé contre la boiserie, et sans parler à ses voisins ou la perdre
de vue une seule minute... Lorsqu'elle eut fait
ses trois saluts, il respira.

— Voici le prince Téodoro qui s'assied,
me dit mon voisin de gauche.

— Ce jeune homme serait le prince Téodoro?

— Lui-même.

— En vérité, je ne l'eusse pas reconnu, moi
qui fus jadis à son service : comme il est
changé, bon Dieu! quelle pâleur!

— La couleur des amoureux, Signor. Il
est fou de cette petite saltimbanque, per Dio!

— Vous parlez de cette jolie écuyère?

— Eh, Signorino! il la trouve encore plus
jolie que vous, puisqu'il veut, dit-on, en faire
sa femme dans un mois...

Je regardai mon voisin, et parcourus son

visage avec un sentiment de défiance ironique.
Il me donna de fort bonnes raisons pour
valider cette folie. C'était un gros homme
violet comme un œuf de Pâques, porteur
d'une chemise rayée, d'un gourdin énorme
et d'un abdomen proéminent. Je le reconnus
pour un ancien cuisinier du prince, réformé
comme moi à la suite d'une grave indigestion
arrivée au duc d'O....

— Allons boire, lui dis-je, vous me con-
terez cela.

En causant de la sorte, nous vîmes Son Altesse qui venait de remonter en voiture. Quelques écuyers de la troupe, dont le clown et le
dentiste, aidaient à rentrer les échafaudages.

Quand Guerra s'en vint frapper à la petite
loge en planches de Cavalcada, Iræneus, qui
remplissait auprès d'elle et par goût les fonctions de premier valet de chambre, Iræneus
répondit qu'il l'avait depuis une heure cher-
chée vainement : elle était partie dans le carrosse du prince.

L'équipage venait en effet d'ébranler les dalles de la rue. De tous ces hommes attroupés en curieux autour du carrosse, il n'en resta qu'un seul, enveloppé dans une mauvaise couverture d'écurie; maigre et jaune à faire peur, malgré la couleur noire de son teint et l'animation stupide de deux gros yeux d'un blanc mat. Il déploya au clair de lune une longue lettre qu'il tira d'un mauvais carnet, la parcourut et la médita long-temps...

C'était le nègre Crobbi.

IV.

Les Amoureux.

La passion de Téodoro était réelle : il aimait Cavalcada. On fut très-surpris dans la ville de voir une prima donna d'étrier et de tours de cerceaux captiver un prince et l'enchaîner *à son char*, pour me servir d'une comparaison classique de manége.

Le signor Guerra fut raisonnablement flatté

de cette alliance de sa maison avec celle des
San-Luca : cette distinction ne valait-elle pas
un brevet ou des armoiries pour sa troupe?
On n'appelait plus chez lui la petite que *Prin-
cipessa.*

Ainsi qu'il arrive à toutes les folies de prince,
celle-ci fut connue d'abord, puis censurée
amèrement : chaque bourgeoise de Livourne
donna là-dessus son avis comme un juré. Les
femmes envièrent Cavalcada en la méprisant
bien haut; les hommes prétendirent que le
prince devenait républicain et dérogeait... On
alla jusqu'à dire que cette écuyère de seize
ans était peut-être sa fille. Téodoro, loin d'en
faire pendre aucun, les laissa parler tous et
se contenta d'être heureux : le bonheur fait la
clémence des princes.

D'ailleurs, je crois l'avoir dit, il n'avait jamais aimé. A force d'ennui, il en était venu
au scepticisme, demandant à croire, et ne
croyant pas; traitant le plaisir en hôte défiant,
et barricadant son cœur pour n'être pas vic-

time d'une surprise. Cette politique d'homme usé, misérable et fausse, le seul regard d'un enfant la renversa.

Oui, Cavalcada, naïve et jolie, fantasque, et plus belle encore des défauts mêmes de sa jeune organisation; Cavalcada, ignorante de toutes les roueries de la civilisation galante, espèce d'exception piquante et folle au milieu de ce qu'on appelle le grand monde, Cavalcada parut à ce jeune homme un délicieux essai en fait de contraste, un hochet d'amusement dont il s'empara tout aussitôt.

Et d'abord, il lui fit lui-même *sa* cour. Je dis lui-même, car d'ordinaire ils aiment par ambassadeur ceux que le ciel a faits assez malheureux pour être princes. Ils arrivent toujours pour trouver leur passion faite : quand ils viennent, la place est rendue, et on leur remet les clés. Un cachemire, un écrin, plaident pour eux, quand ce n'est pas un officier d'ordonnance. Mais Téodoro! il n'eut point recours à ces mensonges; il fit son siége lui

seul, et comme un simple soldat. Le premier
jour, il attendit la petite au sortir de son auberge; elle devait se rendre au cirque, et, à la
porte même, un vieil écuyer tenait deux chevaux en main : c'était le bonhomme Iræneus...
L'amoureux prince glissa en tremblant un
petit billet dans la manche de la charmante
amazone, puis il s'échappa comme un écolier
à travers le jardin de l'hôtel même; la nuit
baissait, et, à le voir frôler le mur, vous eussiez dit un voleur. Soyez donc prince, pour
vous faire ainsi vous-même votre Figaro !

Ce qui le piqua au jeu, il faut le dire, c'est
que l'écuyère ne faisait aucune attention à ses
billets. Les enfans n'aiment guère que ce qui
les éblouit : Cavalcada était loin de soupçonner
un prince aussi beau que ceux des contes de
fées dans l'auteur de ces messages obscurs qui
la venaient chercher, tantôt sous le péristyle
du cirque, tantôt sous les tentes de la grande
rue, ou les citronniers de l'auberge del Giardino.

Riche de paillettes et d'or, bercée de mille rêves ambitieux comme ses rôles, la jeune fille ne voyait en lui qu'un pauvre étudiant de Sienne. Chacune de ses épîtres était pour elle un long ennui : la pauvre enfant ne savait pas lire !

Il y a dans cette ignorance première un charme d'ingénuité si vrai, que Téodoro se surprit lui-même à garder huit jours son déguisement comme un héros d'opéra comique. Il se contentait d'aller à la promenade et de suivre de loin la troupe grotesque de Guerra, en montant lui-même le cheval le plus simple et le plus modeste de ses écuries. Sa première crainte fut d'abord une crainte jalouse; son amour trembla d'avoir à joûter avec celui d'un ignoble rival, caché au sein de cette troupe même : Cavalcada pouvait être promise à quelque bateleur équestre dont il ignorait la passion obscure; et puis cette enfant n'était-elle pas soumise au bon plaisir de Guerra, son maître? Téodoro la plaignit et l'étudia donc ces huit grands jours. Au bout de ce temps, il en était fou, malheureux !

Et dès ce moment aussi il se montra à elle dans sa vraie tenue de prince, impérieux, brillant, redevenu lui. Il fit passer et repasser, au pas, devant l'auberge, sa livrée et ses chevaux ; il donna vingt sérénades pour elle, et finit par ce seul mot qui mit fin à toute cette pompe de galanteries, en accréditant auprès d'elle la matrone la plus respectable de la troupe, madame Guerra, qui lui dit un jour d'un ton mielleux, après l'exercice : — Mademoiselle Cavalcada, le prince vous attend ce soir.

Cavalcada ne se contint pas de joie : aimer un prince, un beau prince, en être aimée ! Elle fut conduite à l'hôtel Téodóro. Hélas ! elle ne vit qu'un homme ennuyé de tout, comme les gens qui s'amusent ; un malade aux joues rosées, aux cheveux lisses et soyeux, d'autant plus triste qu'il savait mieux que personne la cause de son mal, qu'il se far-

dait, s'usait et se mourait tous les jours.
Téodoro lui fit d'abord très-grand'peur.

Il la reçut, lui, comme un ange envoyé du
ciel; il se mit presque à ses genoux. Jamais
peut-être la folie d'un homme n'alla plus loin.
Il la servait lui-même, les premières fois, dans
sa chambre; il renvoyait son valet, son secrétaire et ses gens. •

Seul alors, il ôtait doucement la spadella
de sa résille, la dégrafait et la déchaussait.

Quand elle repartait en chaise, à la nuit, il
suivait ses porteurs à distance jusqu'à l'auberge ou à la porte du cirque; puis il revenait, précédé par un seul homme, jusqu'au
palais.

Ceci dura cinq semaines.

Quand elle devait paraître dans un exercice,
il arrivait juste au moment de son entrée,
sortait immédiatement après, et ne parlait à
qui que ce fût; et jamais, sachez-le bien, il
ne s'applaudit tant de n'avoir pas d'ami, car

il l'eût à coup sûr sacrifié et perdu pour cette
fille.

Le premier reproche que lui fit le monde
fut de ne point la tirer de son état. Pourquoi
ne pas réparer un tort de fortune? Que ne
donnait-il à cette enfant une éducation choi-
sie? Comment supposer qu'il l'aimât long-
temps, et qu'il fût seulement huit jours sans
en être las ?

Et mille autres hypothèses d'envies bourgeoises et méchantes.

A cela Téodoro répondait par sa passion
même ; il aimait cette femme précisément à
cause de ce métier, drame quotidien d'émo-
tions, d'angoisses, de périls. Il l'aimait parce
qu'elle occupait son âme , qu'elle le faisait
heureux ou chagrin, tremblant, misérable ou
envié.

Il souffrait donc et l'aimait ainsi.

Qu'on battit des mains en la voyant fran-
chir une barrière et quand son cheval hen-
nissait, Téodoro voyait, lui, toute autre chose:

22

il avait la fièvre et croyait toucher les mains
froides de Cavalcada. S'il n'est pas au monde
de scènes plus fertiles en joies ou en terreurs
que celles d'un cirque; pensez un peu ce que
devait être l'amour de Téodoro! Cet amour
dansait à chaque instant sur un précipice
comme sa belle écuyère; il n'avait pas le temps
de réfléchir, pressé qu'il était, ainsi qu'un che‑
val sous le fouet du maître; il arrivait au but,
haletant et l'œil en feu, après mille obstacles
et mille morts.

Mais aussi quelles extases! Presser dans ses
bras une pareille victoire, d'écheveler une
femme si belle, entendre son cri d'amour au
milieu de tous les cris d'ivresse et des trépi‑
gnemens de cette salle, la sentir brûler et pal‑
piter sous sa main; puis, quand elle remonte
sur son coursier, trembler et la voir encore,
être pâle et incertain de nouveau, frémir,
courir avec elle, applaudir et triompher! Téo‑
doro se fût vraiment bien gardé d'en faire une
grande dame, la sauteuse lui plaisait trop.

Que vous dirai-je ? Le seul caractère de Cavalcada entretenait ce prestige. Imaginez une
jolie fille de seize ans, avec sa jeunesse en
fleur, boudeuse par instans, et s'animant jusqu'à la colère; ignorant ce qu'était l'amour, la
pauvre enfant! mais belle et suave à le faire
naître toujours; recueillie tantôt comme une
Madeleine du Corrége, tantôt bondissante
comme une brune vendangeuse d'Ischia ou
d'Agrigente.

Oh! elle n'avait garde de respecter l'éti
quette, celle-là! Elle contredisait le prince qui
n'avait pas avec elle un seul instant mono-
tone. Ce jour-là, c'était pour lui demander sa
voiture; cette autre fois, pour qu'il lui cédât
sa place à l'église : que vous dirai-je ? mille et
mille fantaisies. Un soir que la marquise A...
avait hautement déclamé contre elle, Cavalcada sut bien s'en venger au cirque : elle profita de la rapidité d'un galop pour faire jaillir
la poudre du manége jusque dans la loge de la
marquise.

Téodoro riait de toutes ces folies. L'impor-
tant pour ce jeune homme c'était de voir son
ennui métamorphosé en passion, son insouciance en désirs : il était heureux de vivre. Ce
qui l'étonnait le plus c'est que cet amour n'a-
vait rien de bas et de répugnant. D'ordinaire,
ces reines de manége, déesses de l'Olympe
pour un quart d'heure, sont filles de coutu-
rières ou de portiers... belles, quelques se-
condes peut-être, sous leurs oripeaux d'em-
prunt; mais, leur rôle achevé, bien tristes et
bien misérables créatures! Un mauvais fou-
lard succède pour elles aux cachemires du
Thibet et aux diadêmes de l'Inde. Or Cavalcada
n'avait qu'une mante noire, une petite robe
de soie, mais toujours propre : elle n'avait
pas de mère ou de tante, c'est-à-dire ce quelque
chose de hideux enveloppé dans un châle, qui
se colle en guise d'enseigne à chaque démarche
d'une pauvre jeune fille... Cavalcada n'avait
pour soutien et ami qu'Iræneus.

Sans l'arracher à cette condition si pauvre,

le prince songea pourtant à faire choix pour
elle d'un logement. Cette demeure était proche
du palais : une petite maison à toit plat, ornée d'une terrasse aux géraniums parfumés.
Son rez-de-chaussée fut meublé bien vite ; il
était rare que le prince n'y vînt pas souper.
Quelques jours après l'inauguration du logis,
et comme ils allaient se mettre à table, Téodoro fut très-surpris de trouver une grande
figure, la serviette en main et debout derrière
sa chaise.

C'était vraiment le plus disgracieux fantôme de nègre qui se pût imaginer : de grosses
lèvres saillantes, un buste difforme agrafé dans
un vieux frac blanc à boutons d'or, et par-
dessus le marché, de la poudre sur ses cheveux crépus ; oui, de la poudre, comme s'il
eût voulu faire ressortir le bistre de son teint.
Pauvre marchandise humaine, perdue, ava-
riée ! eût dit un acheteur du Cap-Vert.

Téodoro ne put réprimer un léger frisson...
Cet homme, qui le salua dès l'entrée avec res-

pec¡, gênait le prince. Son front se rembru-
nissait déjà, et quand le nègre fut sorti :

— Cavalcada, connaissez-vous bien cet
homme ?

— Pour l'avoir, cher prince, à mon service depuis ces trois jours. C'est à la fois mon
palefrenier et mon laquais. Il est fort laid, rat-
tache à merveille les sangles cassées, met fort
bien le blanc sous la semelle, ramasse le mouchoir, et me protége contre les fureurs de
Guerra.

— C'est tout ?

— Je vous dirai encore qu'il s'est présenté
à moi en me demandant si j'étais vraiment
l'amoureuse du prince. Il tenait singulière-
ment à éclaircir ce fait-là. L'orgueil de ce noir
était peut-être flatté. Il m'a dit même vous
connaître.

— Oui, je l'ai vu... autrefois... il y a long-
temps. Il te faut le renvoyer.

— Pourquoi donc?

— Il me déplaît.

—Téodoro, vous renvoyez ce pauvre nègre parce qu'il est laid, peut-être même ennuyeux... mais c'est de la tyrannie!..... A ce compte-là, Monsieur, renvoyez d'abord votre intendant : je ne vais pas une fois chez vous qu'il ne me fasse la grimace...

— Si vous m'aimez, vous ne le garderez pas..

— Encore un coup, que vous a-t-il donc fait? dit-elle, fort sérieuse cette fois.

— Ce qu'il m'a fait! s'écria Téodoro avec une véritable exaltation, ce qu'il m'a fait! Ah! vous voulez le savoir! eh bien! je ne lui pardonnerai de ma vie.

— Qu'est-ce donc?

— Il m'a sauvé... oui, sauvé, quand j'eusse mieux aimé mille fois qu'il ne me sauvât pas, et que son bras fût, du moins, utile à une autre!... Écoute, Cavalcada :

J'avais dix-neuf ans; j'habitais à Gênes, trois mois de l'été, un palais à quelques brassées du golfe. Le golfe de Gênes, au clair de

lune, est un magnifique écrin ; la mer étincelle
alors de mille pierreries flottantes : c'est
l'heure de son incendie de phosphore. J'avais
une barque à l'entrée du port, une belle
barque à rideaux de velours et d'armoiries,
dont j'eusse fait ton hamac, si alors je
n'eusse connu un autre ange que toi, Cavalcada ! C'était là le lieu de nos rendez-vous. La
barque, conduite par un homme de ma maison,
traçait chaque soir son léger sillon autour du
golfe ; chaque soir Flaminetta en sortait
plus belle, au feu des étoiles. Ce commerce
d'amour dura deux mois. Son père, riche
bourgeois de la ville, grâce à ma prudence,
n'en sut rien d'abord. J'aimais Flaminetta
comme on aime à dix-neuf ans : un premier
amour! Elle était musicienne et fort jolie, Al-
lemande encore plus qu'Italienne, pleine de
remords et d'effroi surtout, car elle craignait
que je la ne quittasse un jour.

J'écrivis au père que mon parti était pris,
que je ne voulais qu'une chose... l'épouser.

Ma résolution était sincère et me coûtait peu. Épouser une femme de mon choix, sans qu'un contrat de politique vienne me l'imposer, a toujours été le seul vœu de ma vie. Son père me fit réponse. Il traitait, dans cette lettre, ma passion de caprice; il paraissait ignorer mes relations amoureuses avec sa fille, et me refusait formellement. Nous fûmes désespérés. L'homme qui me remit ce message était le nègre Crobby, le même qui est chez toi à cette heure. N'écoutant que mon amour, je résolus d'enlever Flaminetta. Je convins de tout avec Flamelle, le soir même, dans un petit hôtel à côté du port, où buvaient quelques marins. A la tombée de la nuit, je m'avançai vers la barque; elle était chargée de provisions, d'après mes ordres, et devait cingler vers Albenga. Notre projet n'était connu que de l'un de mes gens... à la place duquel je fus très-surpris de trouver Crobby. Il me raconta qu'instruit de tout, l'archiduc, mon oncle, devait faire courir une tartane à ma poursuite. Mon domestique avait eu peur, et l'avait chargé, lui Crobby, excellent pilote, de nous conduire. J'abandonnai notre fortune à sa manœuvre. Le temps était fort gros sur le matin. J'ignore par quel accident nous découvrimes, à quelques toises de la côte, un large trou, voisin de notre petite cabine. Le vent soufflait, et la vague allait nous couvrir; elle entrait déjà dans notre frêle embarcation...

— Eh bien, dit alors Cavalcada vraiment effrayée.

— Eh bien! alors je saisis Flaminetta que bientôt mes doigts lâchèrent. Le flot venait de me couvrir entièrement. En cet instant, Crobby me souleva et m'arracha à la mer; et, bien que je criasse de toutes mes forces : Sauve, sauve Flaminetta! il me porta, lui, toujours haletant, au dessus du flot, et me déposa, à moitié mourant, sur le rivage. Quand je repris mes sens, je demandai vainement Flaminetta, vainement!... elle était morte.

— Mais enfin il vous avait sauvé, lui?

— Que m'importait-il? C'était bien de moi qu'il s'agissait! Je me fusse sauvé sans lui. Et quand je le vis ouvrir deux grands yeux d'un air hébété, en me montrant du doigt la vaste mer, je fus sur le point de le tuer, cet homme! Le lendemain, je lui fis compter 3oo florins, et il reçut l'ordre de ne plus jamais se présenter devant moi. Concevez-vous maintenant que je le haïsse? C'est presque un linceul noir que cette figure; et, Dieu me protège! je n'eusse pas cru rencontrer chez toi un si lugubre valet.

Elle reprit après un silence de quelques minutes:

— Voilà une histoire qui m'a rendue bien pensive.

— Pourquoi?

— Parce que je me dis que cette Flaminetta que vous vouliez épouser devait être plus belle que moi, Téodoro, plus aimante surtout pour vous captiver ainsi... Elle était donc bien belle?

— Beaucoup moins que vous. D'abord vous êtes plus jeune.

— Vous voulez dire plus simple..... une de ces petites filles, comme le crie tout haut votre marquise d'A...., qu'on fait entrer par une porte et sortir par l'autre! As-tu dit cela, Téodoro? Cette femme répète en tous lieux que tu l'as dit.

— Propos de douairière, mon ange.

— Toujours est-il que vous ne m'épouserez pas comme votre Flaminetta. Vous allez me jeter un jour à la porte, Téodoro. Vous ne m'aimez pas, Monsieur!

— Ne dis pas cela, enfant, ne dis pas cela. Si je t'aime! mais je donnerais pour toi mon palais génois de Servi, mon titre de neveu et de seul héritier de l'archiduc!... Damné d'archiduc! continua-t-il en se promenant d'un air sombre; s'attacher à mes pas comme l'ombre de Banco, entraver mes amours, vouloir me déshériter!...

Ici il y eut un léger claquement d'assiettes près de l'office.

— Nous ne sommes pas seuls! dit vivement le prince.

— Seuls, oh! bien seuls, mon Téodoro. Peut-être Crobby range l'argenterie à cette heure.

Téodoro, dont l'agitation croissait, lui dit alors :

—Cavalcada, m'aimes-tu?

Elle attendait sans doute cette question pour l'embrasser. Ils se tinrent ainsi long-temps muets dans la chambre à demi sombre, échangeant de douces paroles et de longs soupirs. Les cheveux de l'écuyère baignaient sa petite robe blanche; son cou était rouge, tiède encore d'ardens baisers, quand Téodoro s'approcha de la fenêtre, une fenêtre élevée de quelques pieds au dessus d'un petit banc caché par des tournesols.

— Cavalcada, soupira l'amoureux jeune homme, il en sera ce que je t'ai dit. Nulle oreille humaine ne doit entendre ce secret, nulle au monde; car tout m'oblige à le cacher: dans quatre jours tu seras ma femme.

— Ta femme! ta femme! Dis-tu vrai? Oh! ne va pas me mentir, mon prince!

— Enfant, tu es mon second et mon dernier amour. Oui, tu seras ma femme. Si tu m'étais ravie, j'en jure par Flaminetta! jamais une autre femme ne recevrait de moi le titre d'épouse. C'est à Monténéro que nous irons, à Monténéro, aussi riche en indulgences que la *Casa Santa* de Lorette. C'est devant la Vierge que je veux te nommer ma femme.

— Téodoro!

— Mais nous irons seuls, bien seuls; j'aurai soin d'avoir deux chevaux prêts; mon intendant préviendra le prêtre.

— Dans quatre jours?

— Quatre jours... Et de là, cher ange, nous irons habiter mon palais Servi, dans la plus belle rue de Gênes.

— Oh! oui; mais non pas à Gênes; vous venez de me rappeler Flaminetta!

— Superstitieuse!

Et ils se parlèrent bien bas.

— Voici qui est étrange, dit Téodoro en se
penchant à la fenêtre : ces tournesols ont re-
mué... cacheraient-ils quelqu'un?

— Quelle idée, mon cher seigneur! ce sera
la brise du port : il fait si froid cette nuit!

V.

Le Charbon bleu.

Cette même nuit, Iræneus travaillait. Entouré de récipiens et d'alambics, masqué de suie, d'antimoine et d'huile de térébenthine, l'artificier s'animait lui-même au travail par des chansons allemandes et un large broc de vin du Rhin.

Tout à coup un léger bruit ébranla sa mince

cloison, et vint interrompre ses préparations
pyrrhiques. Il se leva ; et, ramenant sur son
front quelques mèches de cheveux roussis, il
courut ouvrir. Dans l'homme qui entrait, Iræneus reconnut le nègre Crobby.

Si Crobby, comme on l'a pu voir, n'était
pas aimé du prince, en revanche, il était fort
avant dans les bonnes grâces d'Iræneus. En
protégeant l'enfance de Cavalcada, cette belle
jeune fille, l'artificier semblait accomplir un
vœu ; il se fût noyé (quelque horreur qu'il
eût de l'eau par état) pour éviter un faux pas
à l'écuyère. Seulement, hélas ! ses abstractions
continuelles, relatives au charbon de chêne
et au salpêtre, l'avaient rendu incapable de
surveiller une telle éducation. Chimiste avant
tout, perpétuellement distrait et enseveli dans
ses chères études, Iræneus avait été charmé
de trouver Crobby, Crobby, patient et ingé-
nieux tuteur en livrée de domestique, Crobby,
son remplaçant en fait de soins et très-désin-
téressé dans son service, à ce qu'il semblait à

ce bon Iræneus; Crobby enfin, présenté et
accepté le même jour dans la maison de Cavalcada!

Venait-il lui apporter des nouvelles de l'é-
cuyère, ou bien causer en ami sur la dernière
solennité du cirque? Après tout, cette visite
ne pouvait que le gêner, attendu que le lendemain il devait diriger lui seul un feu d'artifice
nautique sur le bassin du canal. C'était *le Ty-
phon*, frégate anglaise, qui donnait ce plaisir
à la ville de Livourne.

Iræneus avait donc été prévenu, mais si tard
qu'il n'avait pas trop de sa nuit pour ses couches
de suif et ses cartonnages de liége. Il se rassit
en priant Crobby de ne pas le faire languir.

— Je n'aurai garde, maître, car ce dont il
s'agit est pressé : *Avez-vous un charbon bleu ?*

Iræneus exigea du nègre qu'il répétât jusqu'à trois fois cette question, dont son orgueil
de savant se trouvait pétrifié; l'intelligent Iræneus était comme vous et moi : il ignorait ce
qu'était un charbon bleu.

Le nègre vint à son aide :

— Oui, un charbon bleu, c'est-à-dire, une composition fulminante comme il s'en fait à Quitto, cher maître : *un peu d'alcool, deux gros de soufre, de l'eau de rose et du storax calamite.*

— Vous êtes savant, Crobby?

— Je le crois; j'ai la recette : ceci se trouve simplement tiré du livre latin de Cranach : *Liber ignium ad comburendum hostes tam in mari quam in terrâ.* Vous n'avez jamais lu le livre de Cranach [1]?

— Et vous donc, M. Crobby, comment se fait-il qu'étant domestique, vous sachiez si bien le latin? dit Iræneus fort piqué de la citation.

— Oh! répondit-il avec son rire guttural, c'est que, voyez-vous, à l'heure qu'il est, un *domestique comme moi* doit savoir un peu de tout. Quand je me mets en maison, *moi* (et il

---

La Pyrotechnie, par Cranach, 1572.

appuya sur ce pronom), on peut être sûr d'avoir un homme bien instruit.

Et c'est précieux, murmura Crobby en touchant sa cravate d'un air digne.

Puis, comme sur la table de l'artificier, c'est-à-dire sur deux grandes planches, il remarqua des boîtes de tôle et de cuivre, des feux d'étoupe, du salpêtre et du pulvérin, le nègre, sans plus tarder, releva ses manchettes, s'empara de la résine, et commença son travail devant Iræneus stupéfait.

Car l'artificier, en voyant cet homme noir, si résolu et si sûr de lui, debout et le front penché sur ses propres fourneaux, crut vraiment à l'apparition du diable... Crobby, consultant le papier qui lui servait de recette, acheva bientôt ses préparations, remit en place les soufflets, et disparut avec ce seul mot: Merci!

—C'est Beelzébuth! s'écria Iræneus, Beelzébuth ou Miriadek Mehmoth, le prince des fusées! Je vous demande un peu ce qu'il va faire de

cette cartouche-là! Vive Dieu ! le métier va mal,
si les démons se mêlent de l'artifice! Était-il li-
vide en soufflant sur mon réchaud ! il avait des
cornes sous ses gros cheveux crépus. Mon
maître, Cranach, où es-tu, mon divin maître?

Iræneus eut alors un véritable accès de fièvre ; il courut comme un serpenteau dans
chaque recoin de sa chambrette; le pauvre
petit homme chantait dans son délire:

> Moi seul connais les chandelle
> Que vit Jupin dans sa cour
>   Un jour;
> En voilà des étincelles,
>   Des artichaux
>   Servis chauds!
>
> La lara lara lara là !
>
> Quand Phaéton culbuta,
> Le bouquet avait cent gerbes;
> Les soleils étaient superbes :
> Pas un marron ne rata.
>
> La lara, etc.

Puis, il se remit au travail, et acheva trois
grandes genouillères, deux plongeons, et un
superbe soleil d'eau pour la fête de la frégate.

. . . .

Monténéro est à deux milles de Livourne.
Sur cette route, aussi noire que l'aile d'un
corbeau, et que les pluies de cette année ont
rendue impraticable aux voitures, deux personnes chevauchent péniblement.

Leurs montures ruissellent d'écume ; on
n'entend par intervalles que le cliquetis de
leurs étriers. Ces deux personnes paraissent
suivies à distance par un troisième cavalier
que l'on peut présumer devoir être leur valet :
il est couvert d'un chapeau à larges bords et
d'un manteau de livrée.

Une portée de fusil avant la petite chapelle,
ce cavalier s'étant attardé près des broussailles
pour rattacher la sangle de son cheval, les
deux personnes qui le précédaient l'appelèrent
vainement jusqu'à trois fois en criant : Gironimo ! Gironimo ! Gironimo ! il ne répondit

pas.... Un coup de couteau venait de l'étendre
raide mort.

Cavalcada et le prince, qui ne pouvaient
concevoir ce retard, s'impatientaient.

— C'est un lent écuyer que votre Gironimo !

— Je l'ai pris, dit-il, parce qu'il est muet
de naissance ; il verra seulement, et ne dira
rien : c'est le témoin qu'il nous faut.

Les chevaux approchaient des grands ifs de
la chapelle. Lorsqu'elle descendit, le prince
dit à *celui* qui parut pour lui tenir l'étrier:

— Tu as bien tardé, Gironimo ! Frappe
donc, et fais apporter des torches !

. . . .

La nuit, en effet, redoublait ses ombres;
le vent, devenu vif, avait peine à déchirer les
brouillards. Un chapelain s'avança.

La bénédiction leur fut donnée dans cette
chapelle. Pendant la cérémonie, Cavalcada se
trouvait placée devant une statue de sainte

Agnès. La figure de l'écuyère, glacée par le froid, était aussi pâle que cette statue.

Elle se releva princesse; Téodoro! oui, princesse; car elle était déjà triste. Cavalcada, sans trop s'expliquer à elle-même cette tristesse, se prenait à regretter ses quinze ans, son beau cirque doré, et qui lui battait les mains chaque soir! Au lieu de ce cirque, une misérable chapelle de grand'route, un moine inconnu et un valet à demi caché dans son manteau! Triste hymen que cet hymen de nuit!

L'aube arrivait cependant. Celui qui avait répondu au nom de Gironimo s'était tenu à l'écart tout le temps de la cérémonie. Il sortit alors d'un petit bois d'aloès; il portait son même manteau de livrée, et avait son chapeau rabattu sur le collet.

La chapelle était voisine d'un lac hérissé d'herbes et de marécages, comme ceux de Nettuno. Les pas de quelques buffles faisaient crier les roseaux. L'écuyère posa son pied dans la main du valet; pour lui, il abaissa, à l'aide de la rêne, le cou du cheval, et, comme pour le flatter, lui passa sa main entre les oreilles.

Ce mouvement, fort simple en apparence, effaroucha étrangement l'animal. Il se cabra, bondit, secoua la tête, et la ramena jusque dans l'enfourchure de ses jambes grêles. Cavalcada, légèrement alarmée d'abord, imposa silence à sa peur, et lui fit sentir l'éperon.

Mais alors! alors, ce fut une inexplicable lutte. Le cheval, fougueux, écumant, entraîna la pauvre fille en faisant pleuvoir autour de sa robe mille étincelles bleuâtres. L'explosion eut d'abord des flammes si courtes, que l'on crut que la violence de l'animal allait cesser. Tout à coup il sembla d'un seul bond se débarrasser de son fardeau, pour le lancer dans l'espace; mais, retenue par l'étrier, Cavalcada, les cheveux pendans, balaya bientôt le sol. Le cheval allait toujours. Hélas! il courait par bonds furieux sur la montée; sa crinière flambait au vent, ses naseaux roulaient du feu... Au côté droit de la selle se tordait quelque chose de blanc : c'était Cavalcada, Cavalcada déjà froide et les deux bras étendus. Elle était morte.

— Gironimo ! s'écria le prince hors de lui, Gironimo !

Mais il était loin dejà celui qu'il nommait à tort Gironimo. Les paysans, qui ne tardèrent pas à accourir, arrivèrent à temps pour voir le cheval s'élancer haletant dans les marécages. Heureusement sa chute contre les saules le tua. Il tomba sans force au milieu de ces roseaux.

Dans son oreille droite on trouva le restant d'une cartouche d'artifice ; puis à quelques pas le cadavre du véritable Gironimo.

On sut le lendemain que Crobby venait de quitter la ville, et qu'en partant le soir, il avait payé très-exactement sa dépense à l'hôtel du Giardino. L'aubergiste affirmait lui avoir vu 5oo piastres en or.

Peu de temps après nous lûmes dans le *Diario di Roma* :

» Le prince Téodoro san Luca a sollicité » *lui-même* une conférence de son oncle l'ar- » chiduc. A la suite de cette conférence, le » plénipotentiaire accrédité près la cour de » Madrid a été chargé, au nom du prince, de » demander en mariage dona Mariana de Roca » Fuerte, fille du duc de Roca Fuerte, premier » ministre et grand d'Espagne. »

Quelques semaines plus tard on lisait encore :

Partie officielle : « Les promotions suivantes » ont eu lieu à l'occasion du mariage du prince » Téodoro. Maître Iræneus est élevé à la di- » gnité d'artificier *ordinaire* de son altesse le » duc de Modène. Il signor Guerra est nommé » gouverneur en chef des écuries. »

Pauvre Cavalcada !

FIN.